中 国 人 的 文 化 常 识 课

中国的文学

聂震宁◎主编

SPM 南方传媒
全国优秀出版社
全国百佳图书出版单位 广东教育出版社
·广 州·

图书在版编目（CIP）数据

中国的文学 / 聂震宁主编. — 广州 : 广东教育出版社，2024.1
（中国人的文化常识课）
ISBN 978-7-5548-5663-5

Ⅰ. ①中… Ⅱ. ①聂… Ⅲ. ①中国文学－文学史－青少年读物
Ⅳ. ① I209-49

中国国家版本馆 CIP 数据核字（2023）第 234358 号

中国的文学
ZHONGGUO DE WENXUE

出 版 人：朱文清
选题统筹：卞晓琰　周　莉
宣发统筹：袁梓圻　罗婷婷
产品经理：牟　璐　卓晓纯　杨柳婷
责任编辑：周　莉　卓晓纯　周　晶
营销编辑：杨　洋　庄本婷　代京晶　陈柳茜
责任技编：许伟斌
装帧设计：肖晓文
责任校对：王惠贤
出版发行：广东教育出版社
（广州市环市东路472号12—15楼　邮政编码：510075）
销售热线：020-87615809
网　　址：http://www.gjs.cn
E-mail：gjs-quality@nfcb.com.cn
总 发 行：四川文轩在线电子商务有限公司
（四川省成都市金牛区文轩路 6 号）
印　　刷：广州市岭美文化科技有限公司
（广州市荔湾区花地大道南海南工商贸易区 A 幢）
规　　格：889 mm × 1280 mm　1/32
印　　张：8.75
字　　数：175 千
版　　次：2024 年 1 月第 1 版
2024 年 1 月第 1 次印刷
定　　价：59.80 元

序一 广度阅读，建立知识体系

在多年的全民阅读推广活动中，我有一个强烈的感受，就是大众读者对中华优秀传统文化的阅读需求越来越普遍，尤其是对其中的书法、美学、文学、建筑、音乐、戏剧、绘画等文化常识的兴趣特别强烈。

“中国人的文化常识课”是一套专为中国青年读者打造的文化常识普及读本。丛书内容涵盖中国书法、美学、文学、建筑、绘画、音乐与戏剧等，共六册，重点介绍了中国主要文化艺术的发展历程、不同流派风格、杰出艺术家及其作品等。丛书编写具有全面性、系统性和权威性，用生动有趣的语言、漫谈式的讲述方法、短小精悍的故事、丰富多彩的插图，帮助读者在不长的篇幅里知晓中国主要文化艺术的知识和内涵，了解古代艺术巨匠们的人生，深入鉴赏他们的作品，从而开阔视野、增长见识，提升文化修养，感受中华优秀传统文化的人文魅力。

“中国人的文化”按说应该包括中华民族全部的物质和精神活动，从狭义来说，则是中华民族精神生产能力和精神产品的全部。文化一般应包含哲学、历史、教育、科学、文学、艺术、卫生、体育等方面的内容。然而，考虑到当前社会大众的阅读兴趣，同时为了提升青年读者对文学艺术常识重要性的认识，我们还是按照当下社会行业的分类习惯，将文学艺术各领域归置于文化系统之下，称之为“中国人的文化”。这是需要向读者作出说明的。

中华文化博大精深，中国的文学艺术只是伟大的中华文化中不可或缺的璀璨瑰宝之一。近些年来，随着权威部门每年评选出若干以中华优秀传统文化为主题的“中国好书”，全民阅读出现了一系列弘扬中华优秀传统文化的品牌阅读活动。网络上相关的内容也日益增多。青年读者对于中国文化常识的阅读渴望，正在形成新的热潮。

读者阅读学习“中国人的文化常识课”丛书，不仅可以认识中国文学艺术的基本形式和样貌，了解经典文学艺术作品的基本内容，感受中国文学艺术作品表达的审美意境，学会辨别文学艺术作品中的优良和糟粕，更重要的是，还可以树立新时代中国人应有的文化自信和文化自强。

阅读学习“中国人的文化常识课”丛书，读者不仅可以学习到他们感兴趣的某一类或某几类文学艺术的基础知识，还可以奠定他们基础性文化常识的学习广度。在21世纪，单一的专业学习已经难以适应知识迭代的速度，学科交叉融合学习发展是大势所趋。开展宽广的常识教育，既能够帮助读者享受到中华优秀传统文化的审美愉悦，又能够引导他们在知识与知识之间得到复合性和关联性的启发，在现实社会生活与中华文化审美的相互观照、相互比较中学会鉴别。《礼记·学记》曰：“知类通达，强立而不反，谓之大成。”《论衡》曰：“博览古今者为通人。”读者通过这种广度阅读学习，将逐步形成自己的知识体系、价值理念、认知水准和审美能力。这是全面培养当代中国人综合素质的必要方式。

“中国人的文化常识课”丛书在策划之初，编写者们就把读者对象锁定在青年人身上，同时也希望为全民阅读中的社会各界读者提供一套通俗易懂的文化常识读物。为此，编写者们明确把可读性、系统性作为写作中的主要追求，既强调“知”的传授，又注重“识”的培养，尽力把知识讲得引人入胜、深入人心；既承认“知”的碎片性，又强调“识”的系统性，尽力把知识讲得连贯完整、全面系统。总之，编写者们努力把自己负责编撰的分册写得知识准确、架构合理、识见丰富、叙述系统、生动有趣，努力为当代读者奉献一套充盈历史意蕴和艺术灵气的文化普及读物。

编写者们努力了，相信读者一定会喜欢。

聂震宁
第十、第十一、第十二届全国政协委员
原中国出版集团公司总裁
韬奋基金会理事长

序二

厚植沃土：在知识与知识之间

高品质的图书是精良的知识补给，对于基础教育至关重要。它应该是客观的、开阔的、系统的。这套“中国人的文化常识课”图书共六册，内容翔实，不仅涵盖了中国的文学、绘画、书法等基础内容，也包括中国的音乐、戏剧、建筑、美学等别具一格的知识领域。

系统的知识构成，体现出教育认知的深度。各分册之间的内在关联，则凸显出丛书的科学性和计划性。在这套书中，各领域知识之间不仅环环相扣，更是相互嵌套的。知识之间的这种线性链接和复合交错的双重属性，就是知识的基础结构，它是促成人类自主认知机制的内在支撑。比如丛书中《中国的美学》与《中国的文学》《中国的绘画》就是这种链接关系，美学史与文学史、绘画史之间，既是抽象和具体的关系，亦是文本和现实的对照。

精良的知识系统具有复合性，各知识领域之间彼此交叉、互为成全。建筑、戏剧等具有空间属性的艺术，本身便是社会现实的写照，体现了人类在自然条件下开拓和营造空间的能力。这种能力既得益于知识之间的相互结合，又是孕育新知识的母体。建筑艺术就是这方面的典型，它一方面依赖于知识的综合性，另一方面又营造了知识生产的文化生态，成为培育和娩出新知识的子宫。丛书中的分册《中国的建筑》着实令我欣喜，俨然显示出一种气象不凡的新型知识格局。

优质的系列丛书具备均衡性。就全民美育的目标而言，“大美育”是一个富于活力的概念，它为整体素质的提升创造了更为丰富的成长路径和进步空间。美育理应多元并举、触类旁通。文字艺术和图像艺术之间存在贯通的可能性，听觉艺术和视觉艺术之间也具有内在关联性。不同的感官是人类认知世界的通道和媒介，感官的开启和闭合都是阶段性的，令我们得以交替运用不同的方式去认知世界。因此，我们需要从小关照各种感官，启发、呵护、培植它们，令它们保持开启的可能性与敏感性，以便伺机而生、临机而动。

在一个人思维模式的形成过程中，理性思维是认知基础和养成目标，但感性思维亦不可或缺。理性影响着逻辑思维方式，感性则关乎灵气。文学、绘画、音乐及戏剧等领域的经典个案，皆渗透着情感的力量。每一种知识体系的形成都历经了漫长的演变过程，这就是历史。历史学习之所以重要，就在于理性观摩的积淀和感性思维的导向。由此，我们可以看到一种理性与感性反复交织的自生模型，并深得裨益。

苏　丹

中国工艺美术馆、中国非物质文化遗产馆副馆长

清华大学美术学院教授

序三　有艺术滋润的生活才完整

在人类历史的漫长岁月中，艺术一直伴随着人们的生存和发展。数千年来，不同地区、不同生活生产方式下的人们，无不拥有着各自不同形式的艺术。文学、戏剧、音乐、绘画、书法、建筑等艺术形式，不仅记录了人类自身的生产实践，更表达着他们代代相传的丰富想象力以及对理想信念、品德智慧的情感追求。

文化艺术活动反映人们的精神世界，是人类生活表象背后的精神轨迹，也是人类社会的内涵和价值取向。审美生活是人类生活中的高贵形式，没有艺术滋润的生活是不完整的。“仓廪实而知礼节，衣食足而知荣辱”是古人留给我们的箴言。子曰：“志于道，据于德，依于仁，游于艺。”蔡元培先生认为，美育是最重要、最基础的人生观教育，“所以美足以破人我之见，去利害得失之计较，则其所以陶养性灵，使之日进于高尚者，固已足矣”。文化艺术是人类情感精神活动的结晶，是人类生活的高远境界。这种超越物质生活的精神层面之自由天地，就是文化艺术存在的重要意义。

在当今中国的社会生活中，孩子们学弹琴、学画画，参加各种艺术活动已非常普遍。为了提高学生的美育水平，学校有明确的目标要求和行动落实。在未来的中国，文化生活将会变得越来越重要。对当代年轻人来说，除提升职业技能之外，了解、速览各类艺术常识，借此快速提升气质修养、凝聚精神力量、积累学识认知，也可谓至关重要。

这套书的分册内容非常丰富，包括文学、绘画、书法、建筑、美学、音乐与戏剧等，知识性、专业性很强，但并不枯燥难懂。每本书看似体量不大，却是对该艺术领域发展史的高度概括和简述，直观清晰。从古至今，人类文明发展过程中曾对人的精神产生重要影响的各种艺术形式、观点、环节、人物、作品，如同被卫星定位和导航般，在此轮廓尽收，路径显现。

把数千年来的文化知识用通俗易懂的方式介绍给读者，不是一件容易的事。这不是一个简单的“浓缩历史”的工作，而是一项长期且艰难的系统工程。编者需要付出极大的耐心以及做大量的案头工作，必须分门别类，撷取精华，去伪存真，突出特点；同时还要让各文化领域间互为参照补充，遥相印证，力求准确表达。通过阅读这套文化常识书，读者可以了解、掌握必要的基础知识，从而理解人类精神情感生活来源的方方面面及发展脉络，可以开阔视野，增长见识，激发情趣，进而通过艺术理解生活，实属开卷有益。

通过阅读这套书，读者还可以发现这样一个现象：每当世界有了新的技术和情感记录方式时，文化艺术的创作风格就会另辟蹊径。所谓从物质文明到精神文明的飞跃，恰恰体现于此，而为什么说文化是现代社会的核心价值观和竞争力，也体现于此。

这套书图文并茂，读者通过阅读，熟悉了历史的内涵，有了坐标之后，再去博物馆、美术馆、大剧院、音乐厅感受、印证、共鸣一番，自然会轻松理解大量知识，甚至终生难忘。

我离开大学 30 多年了，读着这些文化常识，又重温了一遍人类文明进程中的许多重要故事，收获颇丰，感慨良多。我觉得这套书就是开启智慧的方便法门，如奉献给读者学习的精美“甜点”，老少皆宜，裨益生活。

安远远

中国美术馆党委书记

北京美术家协会副主席

中国博物馆协会美术馆专业委员会副主任兼秘书长

目录

CONTENTS

壹

文学萌芽，来自祖先的记忆碎片

公元 220 年以前

贰 魏晋风骨，乱世中的文学盛世

220—589年

叁 盛唐气象，诗歌的黄金时代

581—960年

肆

960—1279年

宋词，雅俗交织、刚柔并济

伍

1206—1368年

元曲，来自民间的音乐文学

陆

1368—1911年

明清小说，充满烟火气的通俗文学

柒

1912—1949年

白话文，中国新文学的春天

公元 220 年以前

壹

文学萌芽，来自祖先的记忆碎片

神话和诗歌是最古老的两种文学形式，它们和散文都出现于先秦时期，对后世中国文学的发展发挥了巨大的启迪作用。到了汉代，文学体裁呈现井喷态势，散文、辞赋、诗歌都取得了非凡的成就，为后世文学的发展树立了典范。

上古奇书《山海经》

文学的历史源远流长，比文字的产生要早得多。原始人口头代代相传的神话，就是最古老的文学形式之一，那么神话具体讲了些什么内容呢？神话的主角一般是神，也包括被神化的英雄，他们利用自身的神力和法术，做出了种种常人做不到的事，以征服自然、变革社会，这样的故事传说就是神话。需要注意的是，神话特指由上古时代的先民集体进行的一种艺术创作，在此之后由个人创作的各种具有奇幻色彩的故事，并不属于神话。

为什么在上古时代会产生神话呢？这是因为当时社会生产力十分低下，人们无法领悟自然界的奥秘，掌控自然，尤其是在洪水、地震等自然灾害面前，更显得无能为力，这导致人们对自然界产生了一种敬畏心理，幻想出各种超自然的神灵与魔力，加以崇拜。

神话大致可以分为五种类型：创世神话、始祖神话、洪水神话、战争神话和发明创造神话。中国远古的创世神话主要描述天地的开辟，世界万物的形成，比如盘古开天辟地。始祖神话主要描述人类的起源，比如女娲造人。洪水神话，顾名思义，以洪水为主题，其中家喻户晓的当数大禹治水。战争神话主要讲述的是黄帝、炎帝和蚩尤之间的战争。发明创造神话讲述的则是一些英雄发明创造和征服自然的故事，比如夸父逐日、燧人氏取火等。

可惜这些想象奇诡、丰富多彩的神话多半已经失传，保留下来的也多是一些零散的片段。之所以会这样，一方面是因为神话未能受到人们的重视，另一方面也是因为神话历史化，也就是说，史学家和思想家在将神话录入史家、儒家典籍时，因其不够文雅且违背了理性原则，对其进行了大幅删减，甚至直接删除。例如，西汉史学家司马迁就曾在《史记》中写道：“其文不雅驯，荐绅先生难言之。”意思是，神话不够典雅脱俗，文士很难将它们说出口。

现存的零散神话片段在很多古籍中都有分布，如《诗经》《楚辞》《国语》《左传》《庄子》等。不过，很多神话材料都已经过加工修改，有些甚至面目全非。相较于别的很多古籍，《楚辞》保

留的神话材料更多，也更接近其原始面貌，因而更具研究价值；但要说最具神话学价值的，还是《山海经》。图1

《山海经》是先秦时期出现的一部奇书，它的内容包罗万象，涉及神话、地理、植物、动物、矿物、巫术、宗教、医药、民俗等方方面面，特别是书中记录的神话，总数在中国所有古籍中占据首位，像夸父逐日、女娲补天、精卫填海、大禹治水、后羿射日等妇孺皆知的神话，都源自《山海经》。

《山海经》中保留的神话都十分古老，神话色彩相当浓厚，想象力丰富，读来令人印象深刻。以“钟山之神”为例，《山海经》中记载：

钟山之神，名曰烛阴，视为昼，瞑为夜，吹为冬，

图1 《怪奇鸟兽图》卷（局部，绘制于日本江户时期，以明清时期的山海经图为蓝本描摹彩绘）

呼为夏，不饮，不食，不息，息为风；身长千里，在无䏿（qǐ）之东，其为物，人面，蛇身，赤色，居钟山下。

这段话的意思是：钟山的山神名叫烛阴。烛阴睁开眼，天下便是白昼；烛阴闭上眼，天下便是黑夜。烛阴吹一口气，天下便是冬季；烛阴呼一口气，天下便是夏季。烛阴不吃、不喝，也没有气息，可一旦他吐一口气，天下便刮风。他的身长达千里，在无䏿国以东，他的面孔像人，身形似蛇，周身都是红色的，住在钟山下面。

《山海经》中还描绘了一些极为奇异的国家，比如厌火国，国内百姓“兽身黑色，生火出其口中”，意思是他们的身体像兽，皮肤黝黑，能从嘴里喷出火苗；另有贯胸国，“其为人匈有窍”，意思是贯胸国的人胸口都有一个洞。种种匪夷所思的描述，让人不得不赞叹我们先人的想象力。

神话并不能算是一种自觉的文学创作，而且受时代所限，它的水准远远比不上其后出现的种种文学形式，但它在中国文学史上占据的重要位置是不容忽视的。它那广博深厚的内涵，生动形象的表达，为后世文学如诗歌、小说、戏剧的创作打下了很好的基础，提供了丰富的素材。在中国文学史上，随处都能见到神话的影子，如家喻户晓的《西游记》主角孙悟空，身上就有多个上古神话人物的影子——“石中生人”的夏启、“铜头铁额”的蚩尤、“与帝争位”的刑天等。

诗三百，思无邪

神话和诗歌是世界上最古老的两种文学形式。和神话一样，诗歌的历史也可以追溯到原始社会。相传，炎帝时就出现了一首农事祭歌《蜡辞》：

土反其宅，水归其壑，昆虫毋作，草木归其泽！

这句话的意思是，泥土返回原处，不要流失；河水返回沟壑，不要泛滥；昆虫不要繁殖成灾；野草回到沼泽中去，不要长在农田里。

东汉史书《吴越春秋》也收录了一首历史悠久的诗歌，题为《弹歌》，只有短短8字：

断竹，续竹，飞土，逐宍（ròu）。

这句话的意思是，砍伐野竹，连接起来制成弹弓，打出泥弹，捕获猎物。“宍”是“肉”的古字。这是一首反映原始社会狩猎生活的二言诗，字句短促，节奏明快，读来很有情趣。根据它的语言和内容可以推测出，这首诗歌很有可能是从原始社会口头流传下来的，再由后人用文字加以记录。

诗歌发展到周朝时，已颇有成绩，人们

开始搜集、整理各地的诗歌，将它们汇编成册。大约在公元前6世纪，中国第一部诗歌总集《诗经》问世，其中收录了自西周初年到春秋中叶约500年间的诗歌作品，涉及地域囊括了现今的山西、河南、陕西、山东和湖北北部一带等。

《诗经》中收录的诗歌共计305篇，另外还有6篇笙诗，即只有题目，没有诗句。人们取其整数，称之为“诗三百”。《诗经》在先秦时期被称为《诗》或《诗三百》，到了西汉，被尊为儒家经典，更名为《诗经》，沿用至今。另外，由于西汉时期毛亨和毛苌（cháng）曾为《诗经》做过注释，所以《诗经》也被称为《毛诗》。图2

《诗经》中诗歌的作者，绝大多数已无从考证，至于其整理者，有不少人认为是孔子。这种说法源于《史记》：“古者诗三千

图2 ［南宋］马远《诗经豳风图》卷（局部）

余篇，及至孔子，去其重，取可施于礼义……三百五篇。”意思是，孔子根据礼义的标准，从3000余篇古诗中挑选了305篇，整理成《诗经》。对于这种说法，宋代学者朱熹、清代学者魏源等人都持怀疑态度。现在通常认为，《诗经》是周朝各诸侯国协助朝廷到各地采集，之后由史官、乐师编撰整理而成的，在整理过程中，孔子也曾参与。

《诗经》中的作品具体可划分为三部分：风、雅、颂。

风就是土风、风谣的意思，包括15个地区的民歌，它们在收录入《诗经》时，多半已经过润色，称为“十五国风”，共计160篇，是《诗经》的核心内容。像我们熟知的《关雎》《蒹葭》等名篇，都属于“风”类。

雅就是贵族宴饮或诸侯朝会时的乐歌，共计105篇，其中大雅31篇，小雅74篇。大雅多是贵族所作，小雅的作者虽然也是统治阶层，但没有大雅的作者地位高，有些还深受压制，所以小雅中不乏一些怨刺诗，批判政治黑暗，哀叹百姓遭遇，感慨自身境况。比如《北山》一篇中就有这样的诗句：

> 溥天之下，莫非王土；率土之滨，莫非王臣。大夫不均，我从事独贤。

意思是：普天之下的每寸土地，都属于大王；四海之内的每个人，都要听命于大王。大夫分派公务不公平，我分到的差事又多又重。短短数句，作者的满腹怨怼已经跃然纸上。

颂就是宗庙祭祀乐歌，内容多是歌颂祖先功业的，也有一些奉承时任君王的诗篇。颂共计40篇，其中包括周颂31篇、鲁颂4篇和商颂5篇。

从艺术特色角度来说，《诗经》关注现实，反映现实生活，抒发真实情感，被称为中国现实主义诗歌的源头，这赋予了《诗经》无穷的艺术魅力。不过，要说《诗经》最突出的艺术特色，还要数它对赋、比、兴这三种表现手法的广泛应用。

赋就是直接铺陈叙述，比如《邶风·击鼓》一篇中就用“赋”的表现手法，直接表达自己的情感：“死生契阔，与子成说。执子之手，与子偕老。”

比就是比喻的意思，比如《卫风·氓》中就用桑树从繁盛到凋落的过程，比喻爱情由盛转衰：

> 桑之未落，其叶沃若。于嗟鸠兮！无食桑葚。于嗟女兮！无与士耽。士之耽兮，犹可说也。女之耽兮，不可说也。
>
> 桑之落矣，其黄而陨。自我徂尔，三岁食贫。淇水汤汤，渐车帷裳。女也不爽，士贰其行。士也罔极，二三其德。

兴就是借助别的事物为自己将要描述的内容做铺垫，比如《关雎》一篇，明明是描写爱情，却以“关关雎鸠，在河之洲”开头，用河中沙洲上的水鸟雎鸠引出接下来的“窈窕淑女，君子好逑”。

这三种艺术表现手法对后世的诗歌发展影响深远，特别是比和兴。屈原的诗歌创作就深受《诗经》的影响，以他的《离骚》为例，其中有这样的诗句：“惟草木之零落兮，恐美人之迟暮。”这句诗表面看来是写美人香草，实际是屈原以这种美好的东西来比喻对君王一片忠心的自己。这正是对“比”的绝佳应用。而汉乐府诗歌《孔雀东南飞》中开篇写道“孔雀东南飞，五里一徘徊”，也是对“兴”这种表现手法的巧妙应用。

另外，《诗经》的四言句式也对后世有着极大的影响。之后的曹操、陶渊明等著名诗人的四言诗，是对这种句式的直接继承；而骈文的基本句式“四六句”，也与《诗经》的影响脱不了关系。

写人记事的先秦散文

散文是最自由的一种文学体裁，不讲究音韵，也不讲究排比，可以说不存在任何束缚。中国的散文出现得很早，最早诞生的叙事散文，在商朝时期就已经开始萌芽。商朝人经常用龟甲和兽骨占卜，占卜之后他们会把占卜的时间、地点、人物、事由和结果记录在龟甲、兽骨上，称为甲骨卜辞。这种记录就是先秦叙事散文的萌芽。

商周时期又出现了铜器铭文，也叫金文、钟鼎文。这些铸刻在铜器上的铭文，记录了当时社会生活的很多方面，比如祭

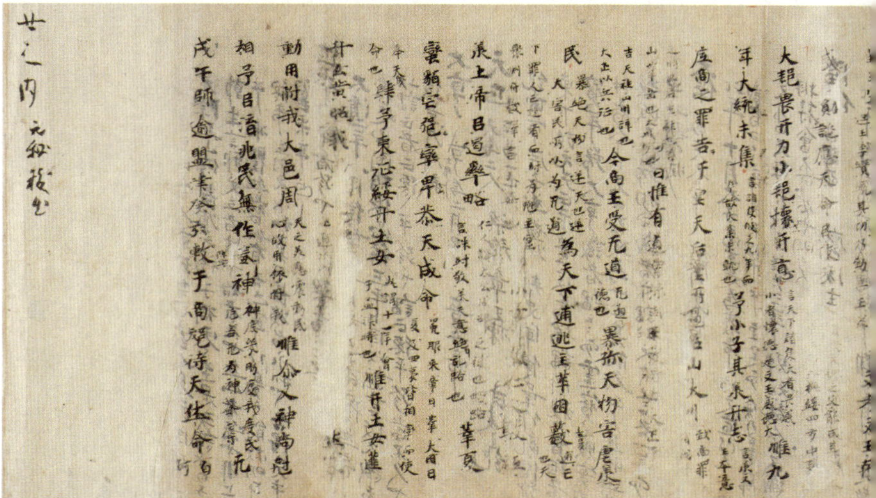

典、征战、赏赐、盟约等，记录的篇幅有长有短。商朝的铜器铭文篇幅较短，进入西周后，出现了篇幅较长的铭文。现存最长的铭文铸刻在西周晚期的毛公鼎上，共计 497 字。这些铭文的叙事已经有了一定规模，散文的形态初具雏形。

春秋战国时期，《尚书》问世，这是一部古老的史书，也是中国最早的散文总集。《尚书》的语言文字水平超过了甲骨卜辞和铜器铭文，而且每一篇都结构完整，直接推动了中国叙事散文走向成熟。图3

后来，《春秋》经孔子修订后问世，成为中国现存最早的编年体史书，记录了从鲁隐公元年（前 722）到鲁哀公十四年（前 481）间的历史。书中全都是按照时间顺序编排的历史事

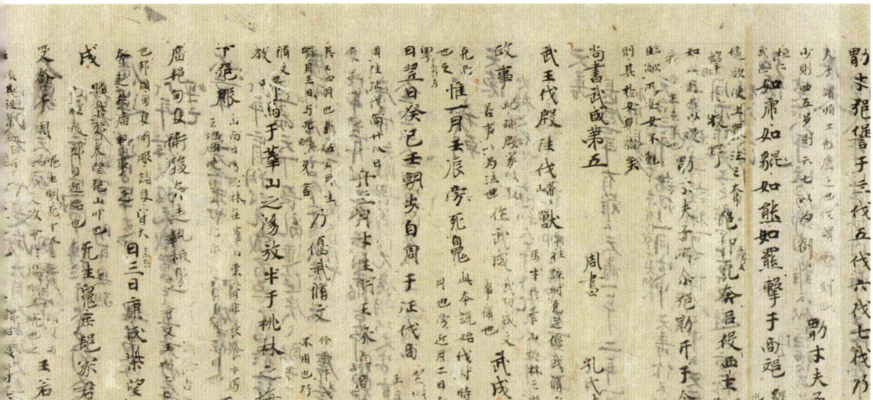

图3 《古文尚书》第六卷（局部，据考证为唐初钞本）

件，不过，每个事件都记录得很简略，长的不过40余字，短的甚至只有1字。虽然每一篇的时间、地点、人物、事件都很明确，但事件的具体过程和人物性格却丝毫没有涉及，因此还算不上严格意义上的叙事散文。

先秦叙事散文的真正成熟，始于《左传》。《左传》原名《左氏春秋》，汉代时改名为《春秋左氏传》，简称《左传》。它是一部为《春秋》做注解的史书，相传是左丘明所作，但后人对此存有异议。现在一般认为，《左传》是由某位儒家学者编订的，大约成书于战国初年。

和《春秋》相比，《左传》将简短的事件记录发展成了完整的叙事散文，其中描述了众多历史事件和性格各异的历史人物。在叙事时，《左传》不仅采用了最常见的正叙手法，还穿插了倒叙、预叙、插叙等手法。倒叙就是把事件的结局或某个重要片段提到最前面来讲，然后再按顺序从事件的开头叙述。预叙就是在叙述过程中把将要发生的事预先描述出来。插叙则是在叙述中心事件时暂时中断，插入一段和主要情节相关的叙述。多种叙述方法的应用，使《左传》各章节显得更加错落有致、精彩纷呈。

另外，《左传》并非单纯叙述事件，还在叙事过程中或叙事结束后加入了一些议论性的语句，对事件或人物做出评判，从而表明作者的态度。这是一种前所未有的尝试，使得叙事的感情色彩变得更加浓厚。

在叙事中，人物是一个相当重要的因素。《左传》塑造了很多个性鲜明的人物，这些人物的言行散布于各个年代，要将他们在不同时期、不同事件中的行为、言谈联系起来，才能形成完整的人物形象，比如晋文公、晏婴等。

除《左传》外，《国语》和《战国策》也是先秦叙事散文的代表作。《国语》是中国现存最早的一部国别史，记录了齐、鲁、晋、越等八国的历史。它以记录人物的语言为主，对历史事件的叙述不如《左传》完整，文学成就也逊色于《左传》。《战国策》同样是一部国别史，记录了东周、西周、秦、齐、楚、赵、魏等国的历史。《战国策》有着很高的文学成就：塑造的人物性格鲜明，呼之欲出；人物语言凌厉、深刻，并引用了大量寓言、逸闻，颇有说服力；行文中有很多对偶、排比，极尽夸张渲染之能事，气势磅礴，文采斐然。先秦叙事散文的语言运用由此登上了一个新高度。

《左传》等先秦叙事散文对后世文学，如史传文学、散文、小说等的创作影响深远。北宋史书《资治通鉴》直接继承了《左传》的编年体裁，西汉史书《史记》则将《左传》等的编年体和《国语》等的国别体融合起来，创造了全新的纪传体。先秦叙事散文既叙述史实，又刻画人物，并加以评判的文学艺术特色，也被之后的史学家司马迁、班固等人继承。而后世的散文创作也深受先秦叙事散文的影响，唐宋很多散文大家，像韩愈等人都十分推崇《左传》，甚至将其作为散文创作的范本。《战国策》中大量运用对偶、排比，对之后汉赋的诞生也发挥了一定的推动作用。另外，中国古代小说的创作同样受到了先秦叙事散文的影响。中国古代小说对顺叙、倒叙、插叙、预叙等叙事手法的灵活应用，注重借助富于个性的语言、动作和生动的细节刻画人物，都是从先秦叙事散文那里借鉴来的。

“春秋”的由来

在中国历史上，东周分为前后两段，前半段称“春秋”，后半段称“战国”。“春秋”这一说法，源于孔子所作《春秋》一书。

孔子之所以给这本史书取名“春秋”，是因为在古代，春天和秋天是最好的季节，国家大事大都会在这两季举行，长此以往，“春秋”就成了史书的代名词。在孔子所处的时代，每个诸侯国都有自己的史书《春秋》，只是除了鲁国，其他诸侯国的《春秋》都没有流传下来。

诸子的语录

先秦时期，叙事散文由萌芽到成熟，说理散文也经历了同样的过程。说理散文，顾名思义，就是带有议论说理特色的散文。说到先秦说理散文，就不能不提到《论语》这部代表作。《论语》是一本记录孔子及其弟子言行的语录，由孔子的弟子和再传弟子编撰而成，共计20篇1万余字。

《论语》问世于战国初年，它作为说理散文，明显还不够成熟。书中各篇没有时间先后顺序，每一篇的组成部分也没有相同的主题。比如“学而篇”中，既讲到了学习，又讲到了反省自身，还讲到了孝敬父母、尊敬兄长，以及实施仁政等，各部分各自独立，各有各的主题。可尽管如此，先秦说理散文的特征还是能在《论语》一些篇章中找出来，比如《季氏将伐颛（zhuān）臾》一篇：

> 季氏将伐颛臾。冉有、季路见于孔子曰：“季氏将有事于颛臾。”孔子曰：“求！无乃尔是过与？夫颛臾，昔者先王以为东蒙主，且在邦域之中矣，是社稷之臣也。何以伐为？”
>
> 冉有曰：“夫子欲之，吾二臣者皆不欲也。”孔子曰：“求！周

任有言曰：‘陈力就列，不能者止。’危而不持，颠而不扶，则将焉用彼相矣？且尔言过矣，虎兕（sì）出于柙（xiá），龟玉毁于椟中，是谁之过与？”

冉有曰：“今夫颛臾，固而近于费。今不取，后世必为子孙忧。”孔子曰：“求！君子疾夫舍曰欲之而必为之辞。丘也闻有国有家者，不患寡而患不均，不患贫而患不安。盖均无贫，和无寡，安无倾。夫如是，故远人不服，则修文德以来之。既来之，则安之。今由与求也，相夫子，远人不服，而不能来也；邦分崩离析，而不能守也；而谋动干戈于邦内。吾恐季孙之忧，不在颛臾，而在萧墙之内也。”

鲁国大夫季氏要讨伐鲁国的藩属国颛臾，季氏的家臣冉有和季路都是孔子的弟子，他们去拜见孔子，将这件事告诉了他。孔子接连说了三段话，论证季氏不应该讨伐颛臾，层层递进，逻辑清晰，相当有说服力，带有明显的说理散文的特色。

《论语》的语录体也是它一项重要的文学价值，对之后的先秦说理散文有很大的影响。

先秦说理散文的另一代表作《孟子》同样是语录体，而《墨子》和《庄子》已开始呈现出从语录体向专论体的过渡。战国末年问世的《荀子》和《韩非子》已基本摆脱语录体，进入专论体，其中多是长篇大论，论点明确，论证精密，结构紧凑，表明先秦说理散文已步入成熟阶段。可以说，先秦说理散文就是在从语录体到专论体的演变中逐渐走向成熟的。

不过，语录体并非《论语》最大的文学价值所在，对孔子及其弟子人物形象的生动刻画才是。《论语》在记录孔子言谈之余，还生动描绘了他说话时的神情、仪态、举止，使其形象跃然纸上，难怪南北朝文艺理论巨著《文心雕龙》这样评价《论语》：“夫子风采，溢于格言。”另外，《论语》还成功刻画了孔子一些弟子的形象，比如鲁莽直率的子路、温文尔雅的颜回、机智善辩的子贡、洒脱不羁的曾皙等，都令人印象深刻。图4

图4 孔维克《杏坛讲学》（局部，该图生动刻画了孔子给弟子上课时的情形）

三教九流

三教九流，现在通常指社会上各种行业的人，也用来泛指宗教、学术上的各种流派。但在这个成语刚出现时，“三教”指的是春秋战国时期的三个主要学术流派——儒家、道家和墨家。汉代时，随着佛教的传入，佛教代替墨家成为“三教”之一，并沿用至今。“九流”原指春秋战国时期的九个学派——儒家、道家、阴阳家、法家、名家、墨家、纵横家、杂家和农家。但随着时间的推移，九流逐渐成了贬义，内涵也有了变化。按通常的说法，“九流”可分为上、中、下三种。所谓“上九流”，指的是“一流佛祖二流仙，三流皇帝四流官，五流员外六流客（商人），七烧（酒坊）八当（当铺）九庄田”。“中九流”则是“一流举子二流医，三流风鉴四流批，五流丹青六流工，七僧八道九琴棋”。“下九流”是“一修脚，二剃头，三从四班（衙役）五抹油（饭店），六把（江湖卖把式的）七娼八戏九吹手”。

香草美人，气度雍雍

战国时期，长江、汉水流域的楚国境内出现了一位伟大的诗人，他创造了一种新诗体，对中国文学的发展意义非凡。这位诗人就是屈原，这种新诗体就是楚辞。图5

屈原是楚国的贵族，楚武王的后人，是中国文学史上第一位留下姓名的伟大爱国诗人。屈原早年在朝廷中深受楚怀王的信任，官居高位，常和楚怀王商议国事。他举贤任能，改革政治，联齐抗秦，提倡美政。在他的努力下，楚国的国力不

图5 傅抱石《屈子行吟图》

断增强。可惜屈原的性格太过耿直，再加上楚怀王本身比较昏庸，身边还有很多小人联合起来污蔑屈原，以致楚怀王对屈原越来越疏远，甚至将他流放。后来，楚国为秦国所灭，屈原痛心疾首，投入汨（mì）罗江自杀殉国。

楚指楚地，在今天的湖南、湖北一带。辞，一种诗歌文体。楚辞以楚地民歌为基础。据《汉书》记载，楚地“信巫鬼，重淫祀”，巫风盛行。楚国的文学艺术也多和巫文化有关联，充满了浪漫主义色彩。屈原在此基础上创造的楚辞，也明显带有这种神奇、浪漫的气质。另外，楚辞由于吸收了很多楚地的方言，无论在句式还是结构上，都较《诗经》更为自由且富于变化，使得楚辞更富有生活气息，也更加生动，读起来朗朗上口。比如“兮”字的使用，楚地流行的民歌很多都会在句中、句尾加上一个语气助词“兮”，是“啊”的意思。屈原将其引入楚辞，于是在《离骚》等楚辞名篇中，随处都能见到“兮”字。

《九歌》本是楚国民间的祭神乐歌，屈原将其改编为格调高雅的楚辞，传诵至今。《九歌》共计 11 篇，其中大部分篇章描述的是神灵之间的爱情故事，唯有《国殇》是赞美、悼祭楚国战死沙场的战士。图6

《离骚》是一首长篇政治抒情诗，带有自传性质。关于“离骚”二字的含义有好几种解释，其中最令人信服的是司马迁在《史记》中的说法：“《离骚》者，犹离忧也。”意思是，离骚就是遭受忧患时唱的歌。图7

屈原在《离骚》中从自述身世、品德和理想说起，斥责楚王昏庸、小人当道、朝政腐败，表达了他对楚国腐朽政治的愤慨，热爱祖国、想为之效劳而不得的悲痛，以及遭受不公平待遇的苦闷。《离骚》中的屈原形象坚贞、高洁，他执着追求政治理想，

图6 ［北宋］张敦礼（传）《九歌图·国殇》

无奈身陷恶劣的政治环境，但他不肯屈服，为了捍卫自己的理想，宁可牺牲性命："亦余心之所善兮，虽九死其犹未悔！"这种光辉的形象之后成了中国民族精神的一种象征，使后世很多文人都深受鼓舞。

爱国与忠君是《离骚》的两大主旨。屈原在诗中写了很多与男女爱情相关的诗句，来比喻楚王和自己的君臣关系。他自比为弃妇，将楚王比喻为抛弃自己的丈夫，而弃妇哀怨的前提是对丈夫的忠贞，由此可以推断出《离骚》的一大主旨是忠君。在古代，从某种程度上来说，国君就象征着国家，身为人臣，要实现

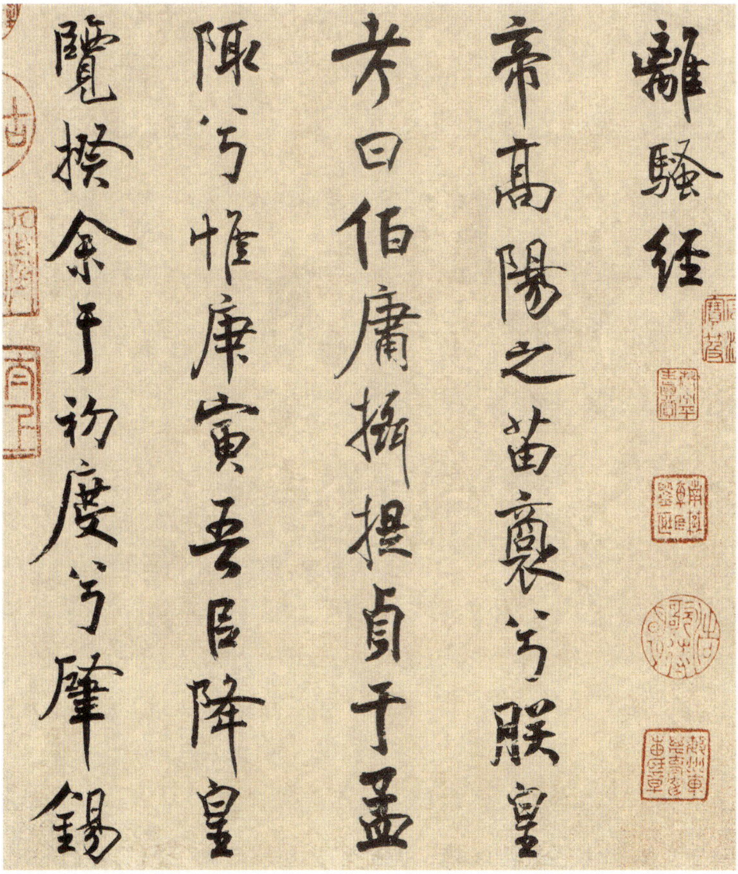

图7 ［北宋］米芾《离骚经》（局部）

自己的爱国理想，必须借助国君，因此屈原的忠君思想其实是他爱国思想的一个组成部分。

除《九歌》《离骚》外，屈原的楚辞名作还包括《九章》《天问》等。

《九章》共计9篇，分别创作于不同的时间、地点，思想内容各不相同，文学成就方面也参差不齐，最优秀的当数《橘颂》《哀郢》《涉江》《怀沙》这4篇，《惜往日》《悲回风》这2篇则显得比较逊色。

《天问》是一首以四字句为基本格式的长诗，从历史、自然、哲学等方面提出了170多个问题。屈原在文中提出的历史问题，多为表达自己的政治见解和对历史的总结与褒贬，而他提出的自然问题是为表现自己对宇宙的探索精神。《天问》无论是艺术表现形式还是作品构思，或者是其中表现出来的作者的才华、学识和想象力，都远非其他楚辞作品所能比拟，因此被称为楚辞中的奇文。

除了屈原，先秦的楚辞代表作家还有宋玉、唐勒、景差等人。唐勒、景差的作品都已失传，只有宋玉的作品保留了下来，包括《九辩》《高唐赋》《神女赋》《登徒子好色赋》等。

史家之绝唱，无韵之离骚

司马迁编撰《史记》，源于他父亲司马谈的遗愿。司马谈生前在朝中担任太史令，负责编写史书，监管天文历法、祭祀等。他一直想编写一部伟大的史书，可惜还没来得及将愿望付诸实践就与世长辞，幸而有司马迁子承父志。司马谈去世后，38岁的司马迁接替他做了太史令。42岁那年，司马迁开始编撰《史记》。

司马迁编撰《史记》的第5个年头，汉武帝派李陵攻打匈奴，李陵兵败投降，汉武帝大怒。司马迁为李陵辩护，汉武帝迁怒于他，将他关进狱中，并处以宫刑。司马迁忍辱负重，在狱中继续编撰《史记》，《史记》有差不多一半是他在狱中完成的。3年后，汉武帝宣布大赦天下，司马迁这才被释放出来，最终在55岁时完成了《史记》。

司马迁生活的年代，正是散文蓬勃发展的时期，而《史记》正是一部历史散文集，代表了中国古代历史散文的最高成就。

《史记》记载了从黄帝到汉武帝统治时期共计3000多年的历史，全书共130卷，分为十表、八书、十二本纪、三十世家、七十列传五个部分。“本纪”记载的是历代帝王的兴衰和重大历史事件；“表”是以表格形式呈现的各历史时期的大事记；“书”

是经济、文化、天文、历法等方面的专题史；“世家”是历朝诸侯贵族的传记；“列传”是历朝各阶层中有较大影响力的人物的传记，也有少数几篇记录少数民族的历史，如《匈奴列传》。

人物传记是《史记》中文学价值极高的部分。《史记》是中国第一部纪传体通史，以人物为纲、时间为纬，这是司马迁首创的一种史书编撰体例。他在人物传记的编排上，创建了自己独有的顺序，实现了时间和逻辑的统一。

《史记》的人物传记基本是按照时间先后顺序排列的，同时又兼顾了各个人物的内在关联，使同类型人物的传记前后相连，不至于彼此孤立，联系中断。以西汉的人物传记为例，李广、卫青、霍去病都是讨伐匈奴的名将，他们的传记是相连的，中间还穿插了《匈奴列传》。而公孙弘和主父偃这两位大臣都曾上书劝阻讨伐匈奴，所以他们的传记排在了卫青、霍去病的传记之后。另外，他们还曾上书劝阻招抚西南夷，因而他们的传记之后便是《西南夷列传》。接着是司马相如的传记，这样排序是因为他曾奉汉武帝的命令招抚西南夷。

有了清晰的脉络，接下来就要开始叙事了。司马迁在《史记》中的叙事不满足于只描述表面现象，一定要追溯源头，找出事件发生的根本原因。比如在《项羽本纪》末尾，他就这样分析项羽兵败的原因：

> 自矜功伐，奋其私智而不师古，谓霸王之业，欲以力征经营天下，五年卒亡其国，身死东城，尚不觉寤而不自责，过矣。乃引“天亡我，非用兵之罪也”，岂不谬哉！

意思就是：项羽炫耀自己的军功，一味张扬自身才能，却不能效仿古人，以为所谓的霸业就是用武力夺取天下。结果5年内他就亡国身死，临死前还不觉悟，竟说“天要亡我，不是我用兵的罪过”，这不是天大的笑话吗？

司马迁在叙事的同时，也刻画了大批个性鲜明的人物。比如《项羽本纪》中鸿门宴的故事，写到了很多人物，每个人物的性格都跃然纸上：圆滑善变的刘邦，足智多谋的张良，忠心勇猛的樊哙（kuài），光明坦荡又刚愎自用的项羽，还有老谋深算的范增，都让人过目难忘。图8

另外，司马迁很注重丰富人物的性格，有时会在多篇传记中，从多个角度描述同一个人物，将此人的优点、缺点全面展现出来，使人物的形象更加丰满，贴近现实。以魏公子信陵君为

图8 西汉墓壁画《鸿门宴图》（局部，从左到右，人物依次为项庄、范增、张良）

例，他在《魏公子列传》中的形象完美无瑕，但在《范雎蔡泽列传》中，他却因畏惧秦国，不肯帮助走投无路的魏齐，导致魏齐自杀。这样的情节让人了解到，原来完美的魏公子也有如此贪生怕死的一面。

因为在人物传记方面取得的极高的文学成就，《史记》成了后世传记文学的典范。它不仅为后世史学家提供了效仿的对象，还为后世的小说、戏剧提供了丰富的素材。明末著名小说《东周列国志》就有很多内容是从《史记》中得来的，元代的杂剧和之后的京剧也有很多剧目都取材于《史记》。而《史记》作为中国历史散文最高成就的代表，其写作技巧、风格等都对后世散文创作影响深远，从唐宋古文八大家到清代的桐城派，在这些散文大家的作品中都能见到《史记》的影子。

记录历史的人——史官

与其他文明古国相比，中国的历史书可谓“汗牛充栋”，这全要归功于中国历史上存在了几千年的史官制度。

所谓史官，就是专门记录和编撰历史的官员。中国的史官产生得很早，据考古发现和文献记载，在夏朝时就已经有了记言的“左史”和记事的“右史”。周朝时，周王室、各诸侯国均设有史官，分为大史、小史、内史、外史和御史。秦汉时设置太史令，司马迁父子是这一时期最著名的史官。司马迁死后，汉武帝又在宫中设置了记录皇帝起居的女史。从此以后，各朝各代的史官虽然称呼会有所变化，但职责被固定下来：随侍在皇帝左右、记录皇帝的言行与政务得失的被称为“记注史官”，专门编撰前代王朝历史的被称为“史馆史官”。

正史标杆《汉书》

司马迁的《史记》只记录到汉武帝统治时期的历史，之后不断有人尝试续写，但大都是狗尾续貂之作，完全不能和《史记》相提并论。直到东汉时期，班固的《汉书》问世，才改变了这一状况。

和司马迁一样，班固也是子承父志。他的父亲班彪是当时著名的史学家，立志续写《史记》。班彪去世前已写出了65篇列传，之后的大部分内容都出自班固之手。可《汉书》还没写完，班固就离开了人世，好在他的妹妹班昭帮他完成了最后一小部分。因此，班昭成为中国历史上首位女性历史学家。其中《天文志》是在著名经学家马融之弟马续的参与下补充完成的。

《汉书》是班彪、班固、班昭三人共同的心血结晶，但班固是最主要的写作者，所以后人在说到《汉书》时，往往只提及班固。

《汉书》是中国首部纪传体断代史，也就是说它只记录了西汉这一个朝代的历史。上起西汉汉高祖元年（前206），下至新朝王莽地皇四年（23），共计229年的历史。其中包括纪十二篇，主要记录西汉帝王生平；表八篇，主要记录西汉诸侯王的事迹；志十篇，记录西汉典章制度、天文、地理和各类社会现象；传七十篇，记录公卿将相的生平和少数民族的历史。

自《汉书》以后，各个朝代的史书均以纪传体为正规体例，而以此体例写出的史书也就被称作正史。如果说《史记》开了正史编撰的先河，那么《汉书》可谓是确立了正史编撰的标准。

和《史记》一样，《汉书》也是一部历史散文集，是史传文学的典范之作，时常被人拿来与《史记》并列。《史记》最高的文学价值体现在人物传记上，《汉书》的人物传记也有相当高的文学价值，书中对西汉盛世各色人物的记述，堪称全书的精华所在。这些人物之中有不少是朝廷官员，他们的人生经历共同构成了描绘西汉官场百态的完整画卷。

《汉书》在刻画人物方面水准颇高，人物性格鲜明生动。以朱买臣为例，《汉书》中记载：图9

> 家贫，好读书，不治产业，常艾薪樵，卖以给食，担束薪，行且诵书。其妻亦负戴相随，数止买臣毋歌呕道中。买臣愈益疾歌，妻羞之。

意思是：朱买臣家境贫寒，喜欢读书，不置办家业，经常割草砍柴，卖掉之后换取粮食。他背着一捆柴，一边走一边高声朗诵文章。他的妻子背着柴跟在后面，多次劝他不要在路上大声朗诵。他反而朗诵得更大声了，妻子因此感到很羞惭。

这一段描写十分传神，将朱买臣的形象刻画得栩栩如生。朱买臣这个落魄书生，灰头土脸，却偏要“行且诵书”。妻子劝阻后，他竟“愈益疾歌”，性格中滑稽、荒诞的一面展露无遗。他的妻子和他在一起生活多年，显然是个能吃苦的女子，同时她又

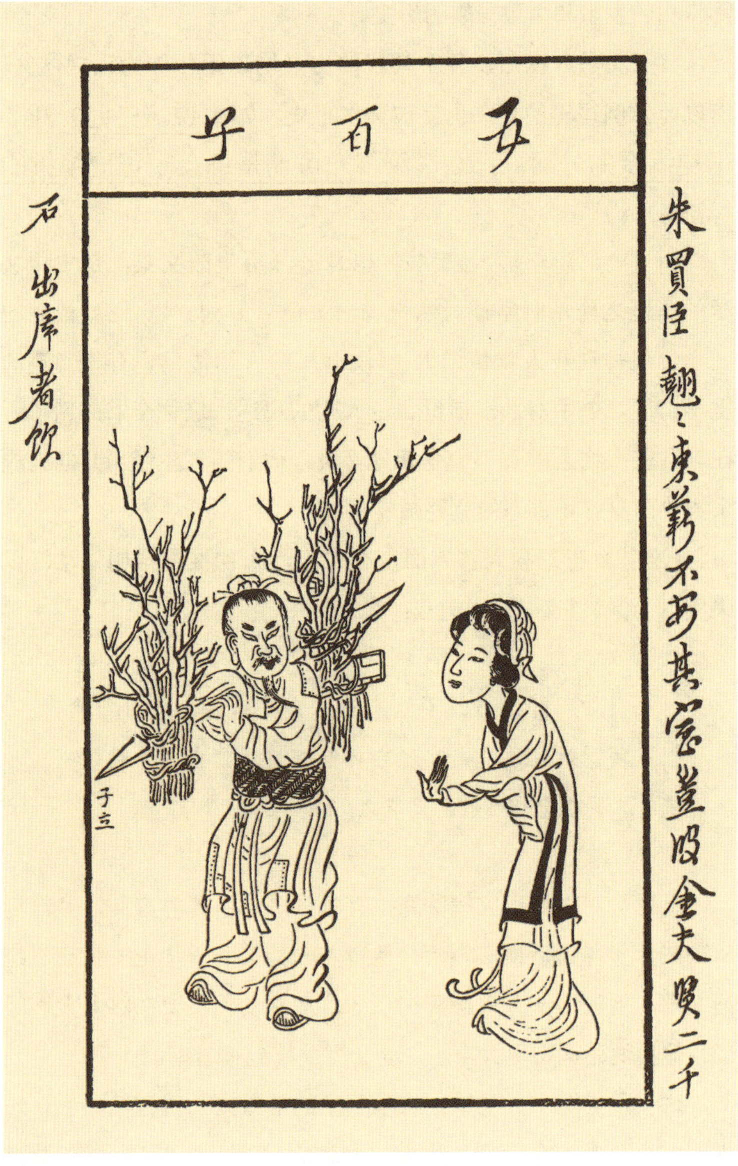

图9 明代陈洪绶创作的《博古叶子》中的白描人物朱买臣

是个相当有自尊的女子，难以忍受丈夫这种近乎无赖的性格，最终选择改嫁他人。后世一些关于朱买臣的故事、戏剧，说他的妻子是因为嫌贫爱富才离开了他，显然并不公允。

《汉书》在很多方面和《史记》十分相似，不过二者也存在一些区别。在笔法方面，《汉书》就显得更加严谨、细致，不像《史记》那样大气磅礴、洒脱不羁。比如《汉书》在描写重臣霍光为人小心谨慎时曾提及他“不失尺寸”，意思是他连自己的脚步尺寸都把握得非常精准，可以想象他在其他方面会谨慎到何种地步。这样的细节在《汉书》中还有很多。另外，《汉书》的严谨还体现在它对事件起始、结果的清楚阐述和强调。以公孙弘为例，《汉书》中特别强调他是汉代首个先被任命为丞相、之后再被封侯的人，此前所有丞相都是封侯以后再被任命为丞相。这样的强调能使叙述更加清晰，帮助读者更加清楚地了解汉代制度的变动。

实事求是

实事，根据实证。求是，求索真理。“实事求是”指从实际情况出发，正确对待和处理问题。这个成语最早见于《汉书》。故事的主人公河间献王刘德是汉武帝的异母弟，被封在河间当王。刘德喜爱搜集、研究古籍，并能根据实证去求索真相。当他从民间搜求到善本书，就留下正本，另外派人精心抄录副本并赐黄金丝帛给献书者。于是，各地藏有古书的人不远千里，把祖先遗留的旧书送给他。结果，他拥有的古籍和汉朝政府的藏书一样多。

以大为美的汉赋

鲁迅曾说："武帝时文人，赋莫若司马相如，文莫若司马迁。"司马相如和司马迁都生活在汉武帝统治时期，司马迁以历史散文见长，司马相如则以赋见长。赋是一种有韵的散文，特点是在叙事时用散文，在形容时用韵文，有说有唱，好似唱戏一般。赋是汉代最具代表性的文体之一，和诗歌、散文共同构成了灿烂的汉代文学。

赋这种文体最早出现于战国后期，荀子可能是最早创作赋体作品的人。楚国的宋玉也创作过赋体作品，比如《神女赋》用词十分华美，和汉赋已经比较接近了。

赋的发展和最终成形，得益于战国后期纵横家的散文和当时新兴的楚辞。赋的一大特点是铺陈，和散文很相似。另外，赋还吸收了楚辞辞藻华美、手法夸张的特点，使自身得以丰富。因为赋和楚辞关联紧密，所以汉代人们通常称赋为辞赋。

汉赋有三大类型：骚体赋、大赋和小赋。

骚体赋深受屈原的楚辞影响，保留了在文章中加入"兮"字的传统。骚体赋的代表作家是西汉的贾谊，他的《吊屈原赋》和《鹏鸟赋》都是骚体赋的代表作品。继贾谊之后，西汉骚体赋的创作一直没有间断过，时有名篇涌现，比如淮南小山的

《招隐士》、司马相如的《长门赋》等。

汉代大赋以叙事见长，因篇章宏大、气势磅礴，被称为大赋。西汉的司马相如、扬雄、枚乘（shèng）等人，东汉的班固、张衡等人，都非常擅长写大赋。与之相对应的是小赋，篇幅较短，语言比较质朴，侧重于抒情言志、针砭时事，大多创作于东汉末年。

在所有汉赋作家中，司马相如是最耀眼的一个，人称“赋圣”。司马相如，字长卿，少名犬子，因为仰慕战国名相蔺相如而改名。有一次，汉武帝读到他的大赋代表作《子虚赋》，非常喜欢，还以为是古人的作品，不由得感慨“朕不得与此人同时哉”。后来，汉武帝才得知这篇赋的作者司马相如还在世，立即召他进京，加以重用。《子虚赋》描写的是诸侯王打猎的事，司马相如进京后，又为汉武帝写了一篇描述天子狩猎的大赋，就是著名的《上林赋》，汉武帝读过后龙颜大悦。

《子虚赋》和《上林赋》是汉赋中最优秀的两篇代表作。图10 除此之外，司马相如的辞赋名作还有《美人赋》《大人赋》等。他在文学方面取得的成就令汉代很多作家都对他十分钦佩，司马迁也不例外。在《史记》中，司马迁为文学家立传的只有两篇，其一是《屈原贾生列传》，其二就是《司马相如列传》，可见他有多么看重司马相如。

司马相如之后，西汉最著名的辞赋家非扬雄莫属，代表赋作有《河东》《甘泉》《羽猎》《长杨》。另外，枚乘、枚皋父子和东方朔等人也是西汉时期有名的辞赋家。东汉时期最著名的辞赋家当数班固和张衡，班固的《两都赋》和张衡的《二京赋》都是当时的辞赋佳作。

图10 [明]仇英《上林图》卷（局部）

东方朔

东方朔是西汉时期有名的文学家，但他为后人所熟知，主要还是因为他生性诙谐，喜欢讲俏皮话。图11

汉武帝刚上台时，在全国大肆招揽人才。为了在一干儒生中脱颖而出，东方朔写了一份超长简历——用了3000片竹简。这份简历要两个人才能抬动，而汉武帝用了两个月才看完。

汉武帝觉得东方朔是个十分有趣的人，就把他留在身边，以供与自己聊天、逗乐用。但东方朔却不满足这样的角色，他时不时地向汉武帝进言国家的政治得失，陈述自己的农战强国之计，但汉武帝都不予理睬。为了一解心中的愤懑，东方朔写了一篇《答客难》。在《答客难》中，东方朔一人分饰两角，用客人问、他来答的方式，解释了自己怀才不遇的原因。

“难”是东方朔首创的一种古文体。这种文体既保留了赋的结构，又采用了比较整饰而不拘对偶的古文语言，实质上还是文赋。

图11 ［明］吴伟《东方朔偷桃图》

有词没谱的汉乐府

东汉末年出现了一首非常有名的长诗《孔雀东南飞》，讲述了焦仲卿和刘兰芝的爱情悲剧：焦仲卿是一名小官，他的妻子刘兰芝被他凶悍的母亲赶回娘家。刘兰芝回家后，发誓不再嫁人，她的娘家人却逼迫她改嫁，她为保名节，投水自杀。深爱着她的焦仲卿听说后，也在家中庭院的树上上吊自杀。当时的人为了哀悼这对忠贞不渝的有情人，特意写下《孔雀东南飞》这首长诗，记录他们的故事。

《孔雀东南飞》是汉乐府最优秀的代表作之一。那么，什么是汉乐府呢？汉乐府其实就是汉代朝廷掌管音乐的机关，同时指由乐府搜集、保存、流传下来的汉代诗歌。西汉时期，朝廷设立了专门掌管音乐的部门——乐府。汉武帝在位时，对乐府进行了扩充，乐府从此具备了两个职能：一是组织文人创作供朝廷祭祀祖先、神明时用的诗歌，它们的性质和《诗经》里的“颂”类差不多；二是广泛采集民间流传的歌谣——如果没有乐府的努力采集，只怕很多民间歌谣早已失传。这两种性质的诗歌共同构成了汉乐府。

汉乐府的作者涵盖的社会阶层非常广泛——从高高在上的帝王到底层平民百姓，而当时一些著名的文人，如司马相如等人也曾参与汉乐府的创作。因为作者从属的阶层不同，写出的乐府诗自然也各不相同，其中既有描述富人奢侈生活的《相逢行》《长安有狭斜行》等，也有描述底层百姓贫苦生活的《孤儿行》《病妇行》等。两汉各阶层的贫富悬殊与社会不公，在汉乐府中得到了淋漓尽致的体现。

在表现世间苦乐的同时，汉乐府还有一个非常重要的题材，就是爱情。《孔雀东南飞》就是一个很好的例子。

在汉乐府之前出现的《诗经》和《楚辞》都以抒情诗为主，叙事往往只是附属品，穿插在抒情中。汉乐府不一样，它虽然既有抒情诗，又有叙事诗，但叙事诗的成就明显更高。汉乐府中的叙事诗都有相对完整的情节，有始有终，这一点在《孔雀东南飞》中表现得最为突出。但在开头、过程和结尾的处理上，汉乐府明显有所侧重，很多名篇都是详写过程，开头和结尾则写得非常简略，特别是结尾处，常给人一种戛然而止的感觉。还是以《孔雀东南飞》为例，中间有大段场面铺排和细节描述，但到最后写刘兰芝和焦仲卿的结局时，却只有寥寥数语：刘兰芝"揽裙脱丝履，举身赴清池"，焦仲卿则"徘徊庭树下，自挂东南枝"。

在叙事的同时，汉乐府也刻画了大批生动的人物，比如《陌上桑》中美丽刚强的秦罗敷，《孔雀东南飞》中老实忠厚的焦仲卿和忠贞坚忍的刘兰芝、蛮横霸道的焦母和势利专断的刘兄，等等。

汉乐府叙事诗中还有不少是寓言诗，借植物和动物之口赋诗。比如《乌生八九子》一篇，讲述了一只老乌鸦生了八九只小乌鸦，母子几个正在树上享受天伦之乐，忽然老乌鸦被人用弹弓打落，临死之际像人一样发出感叹："人民生，各各有寿命，死生何须复道前后！”意思是，生死有命，何必计较死得早还是晚。这种寓言诗妙趣横生，很容易给人留下深刻印象。

在汉乐府出现之前，中国的诗歌多是像《诗经》一样的四言诗，而汉乐府有很多是五言诗，这对后世的诗歌样式影响很大。自此之后，中国的诗歌开始向五言诗过渡。

贰

220—589年

魏晋风骨，乱世中的文学盛世

魏晋南北朝的时局比较动荡，不过，文学发展并没有因此停滞，特别是诗歌，先后出现了『三曹』、『建安七子』、陶渊明及谢灵运等代表诗人，民间的诗歌艺术也取得了较高的成就。除诗歌外，新的文学体裁——小说出现了。

“三曹”与“建安七子”

东汉最后一位皇帝汉献帝的第三个年号是建安，这个年号从196年一直用到220年，这段时期的文学被称为“建安文学”。

建安文学以“三曹”和“建安七子”为代表，“三曹”就是曹操及其儿子曹丕、曹植，“建安七子”是指孔融、陈琳、王粲、徐幹、阮瑀（yǔ）、应玚（yáng）、刘桢。七子中除孔融外都归附了曹操，他们和曹操父子共同开创了建安文学的繁荣局面。

说起曹操，很多人都会马上想到“治世之能臣，乱世之奸雄”。的确，政治和军事方面是曹操一生最主要的成就所在。然而，除此之外，曹操还是一位非常优秀的文学家，这一点经常被人忽略。

曹操在文学、音乐、书法方面都造诣颇深，特别是在文学方面。曹操写过散文，也写过诗歌，后者是他最大的文学成就。曹操生前创作过多首诗歌，现存20多首，全都是乐府诗，其中不乏名篇，如《蒿（hāo）里行》《短歌行》《观沧海》等。

曹操创作《蒿里行》时，正值袁绍掌权期间，多路军队联合起来讨伐袁绍，却在讨伐过程中争权夺势，互相残杀，由此进入了东汉末年的军阀混战时期。《蒿里行》一诗描述的就是汉末军阀混战的情景，以及深受战争之苦的百姓。曹操在诗中表达了自己对百姓的关怀和同情，以及自己想拯救黎民于危难的政治抱负。这首诗风格质朴、悲壮沉郁，将曹操独有的文风展现得淋漓尽致。

《观沧海》写于建安十二年（207），当时曹操北征乌桓，消灭了袁绍的残余势力，班师途中登上碣石山，眺望大海，有感而发，写下这首诗。《观沧海》是建安文学中描绘自然景物的佳作，也是中国现存最早、最完整的山水诗。

曹操的儿子曹丕也是建安时期有名的文学家。图12 曹丕的诗歌现存约40首，其中能代表他最高文学成就的是《燕歌行》。《燕歌行》大约写于建安十二年曹操北征乌桓期间，诗中描写了一名女子对丈夫的思念，反映了东汉末年百姓因战乱不得不与亲人分别的悲愤与惆怅，全诗婉转哀怨，打动人心。《燕歌行》是一首乐府诗，不同的是它开创性地采用了七言诗的形式来写作，是中国现存最早真正意义上的七言诗。

曹植是曹丕的弟弟，字子建，他的文学成就远在哥哥之上。相传，曹植因才华出众，从小深受父亲曹操的喜爱，曹丕因此非常嫉妒。曹操死后，曹丕成为魏王，后来又当上了皇帝，想除掉曹植。他命令曹植在七步之内作诗一首，否则杀无赦。曹植于是作了《七步诗》：

煮豆燃豆萁，豆在釜中泣。
本是同根生，相煎何太急？

他用豆子和豆秸比喻他们两兄弟，质问曹丕为什么要残害自己的手足。因为这首《七步诗》，曹植最终保住了性命。不过，对于《七步诗》的真伪，世人一直争议颇多，未有定论，但曹植

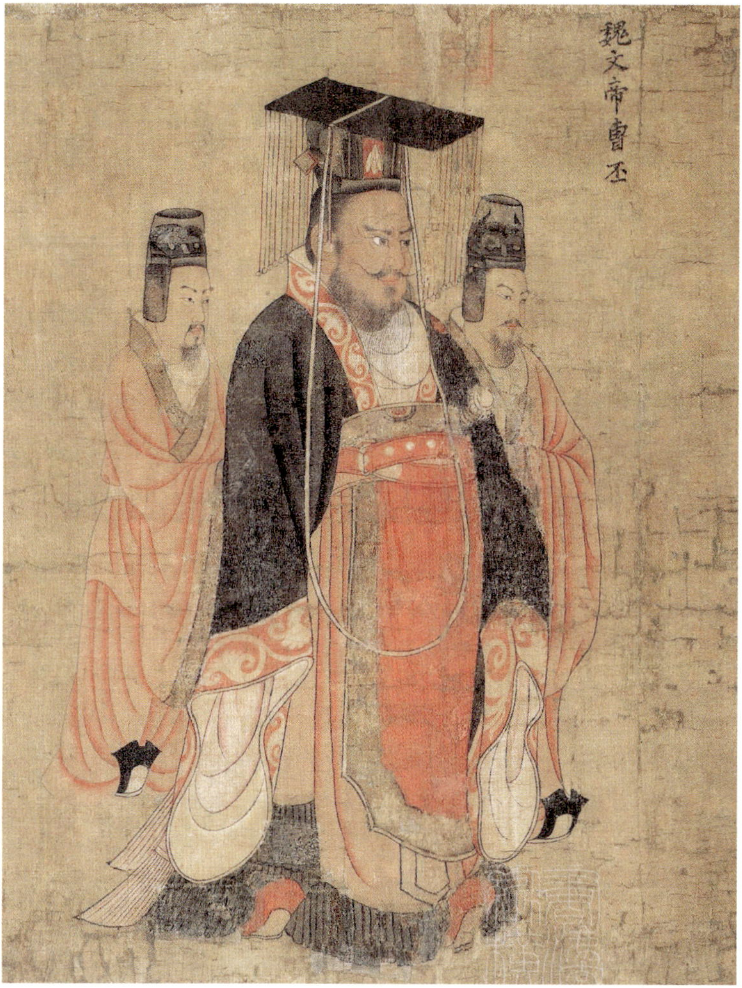

图12 ［唐］阎立本《历代帝王图》（局部）

的才华是毋庸置疑的。

曹植的诗歌现存90多首，代表作有《白马篇》《野田黄雀行》《美女篇》《杂诗》等。曹植擅长写五言诗，他的作品中大约三分之二是五言诗，对后世五言诗的发展影响深远。曹植的诗歌风格鲜明独特，既不同于曹操的悲凉，也不同于曹丕的婉约，却又兼具二者所长，将风骨和文采完美融合为一体，使乐府诗最终完成了向文人诗的转变。在曹植生活的时代，没有一位诗人的成就能与他比肩，难怪东晋的谢灵运要说："天下才有一石，曹子建独占八斗。"

建安文学的领袖人物除"三曹"外，还有"建安七子"。"建安七子"中文学成就最高的当数王粲。王粲最主要的代表作是《七哀诗》三首，最出名的是第一首，描写战乱过后民间的惨状，其中有这样几句："出门无所见，白骨蔽平原。路有饥妇人，抱子弃草间。"寥寥20字，已使人有触目惊心之感。后来杜甫创作《三别》，其中《无家别》《垂老别》两首诗，明显带有《七哀诗》第一首的影子，可见该诗影响之深远。

驴鸣送葬

"建安七子"中的王粲与曹丕关系很好。《世说新语·伤逝》记载，王粲去世时，曹丕出席了他的葬礼。因为王粲生前喜欢学驴叫，所以曹丕提议来吊唁的宾客用驴叫声为王粲送行，于是葬礼上驴叫声此起彼伏，整个场面既温馨又令人感动，充满人情味儿。

陶渊明：行走天地间

东晋建立之初，以阐述老庄的哲学思想和佛教思想为主要内容的玄言诗几乎统治了整个诗坛。这与当时社会动荡不安，士大夫想要逃避现实的风气有关。然而，玄言诗内容枯燥乏味，与文学艺术渐行渐远。

直到陶渊明横空出世，诗坛才终于重新焕发生机。陶渊明，一名潜，字元亮，自号五柳先生，私谥靖节，浔阳柴桑（今江西九江）人。童年和少年时代的乡村生活对陶渊明的性情影响极大，就像后来他在诗中所写的那样："少无适俗韵，性本爱丘山。"就在同一时期，陶渊明阅读了很多儒家经典，立下了大济苍生的雄心壮志。然而，这样的抱负和他本身的性情产生了分歧。图13

年轻时的陶渊明一直想入仕为官，可惜他出身寒微，在当时的社会环境中很难获得入仕的机会。29岁那年，陶渊明终于做了官，但官职很小。此后多年，他做的都是些芝麻小官，不仅无法施展雄心抱负，还要被逼着在官场中卑躬屈膝，这与他自身的性情格格不入，因此他逐渐萌生了退隐山林、躬耕自给的想法。41岁时，陶渊明最后一次做官——在彭泽做县令。但不久就因为"不愿再为五斗米折腰"，辞官回乡，从此远离了官场。

图13 ［明］王仲玉《陶渊明像》轴（局部）

从彭泽辞官回乡是陶渊明人生的分界线，此后他彻底下定决心归隐山林，过上了躬耕自给的田园生活，后来虽有重新入仕的机会，但都被他坚决拒绝了。这样的人生经历在他的文学作品中得到了完整的体现。

田园诗是陶渊明首创的一种诗歌体裁，在他的诗歌作品中占据的比重最大，文学价值也最高。其中最有特色、最珍贵的，当数那些描写躬耕生活的诗作，如《归园田居》《饮酒》等。这些优美动人的诗句将原本平淡的田园景色和清贫生活升华为人生莫大享受，使人读来心旷神怡，更不由得羡慕诗人的生活与心境。

除田园诗外，陶渊明还创作了不少咏怀诗、散文和辞赋，《桃花源记》《归去来兮辞》《五柳先生传》等都是其中难得的精品。《桃花源记》更是描述了一个美好的世外桃源，那里没有阶级，没有剥削，人人自食其力，自给自足，生活自得其乐，和当时黑暗残酷的现实社会形成了鲜明对比。这是诗人和所有百姓共同向往的理想社会，尽管还无法实现，但在当时能将其描述出来，已经难能可贵。图14

陶渊明的文学作品在他生活的年代并没有获得多少肯定，却对后世影响深远。他的归隐为中国士大夫提供了一种精神归宿。唐宋很多文人，如王维、李白、白居易、苏轼、辛弃疾等，都对他大加赞赏。当这些人在政治上无法施展自身抱负时，便会效仿陶渊明归隐，寻求全新的人生价值。

图14 [明]仇英《桃花源图》(局部)

山灵水韵，诗中有画

南北朝时期，中国文学史上又出现了一个著名的诗歌流派——山水诗派，代表诗人中最引人注目的是谢灵运，这一诗派便是他创立的。

谢灵运出身于士族大地主家庭，年纪轻轻就入仕为官。谢灵运原本想在政坛上大展拳脚，偏偏赶上朝代更替，士族受到压制，以至于他在官场上很不如意。谢灵运最终放弃了对政治的追逐，转而将所有精力都用于游山玩水和写诗，他的绝大多数山水诗都写于这段时期。图15

山水诗，狭义上是描写山水风景的诗。其实，《诗经》和《楚辞》中就已出现对山水景色的描写，但当时山水还未成为一种独立的审美对象，只是用作比兴或背景。在南北朝之前，很多文人都对山水诗的产生与发展作出一定贡献，不过要说真正倾注大量精力创作山水诗，并对后世影响深远的，还是要数谢灵运。

谢灵运的山水诗用清丽的语言细致描绘了各地的自然美景，首次将山水变成了独立的审美对象，也为中国诗坛增加了一种全新的题材，开启了南朝新的诗歌风貌。

优秀的山水诗大多具备“诗中有画”的特色，这一点在谢灵运的山水诗中得到了充分体现。在山水诗的创作上，谢

图15 ［清］上官周《庐山观莲图》（手执如意端坐观莲者为谢灵运）

灵运追求“极貌以写物”，竭尽所能捕捉山水景色的美态，抓住每一处动人的细节，然后尽最大努力将它们在诗中真实再现。

谢灵运的代表作《于南山往北山经湖中瞻眺》《登池上楼》《入彭蠡（lǐ）湖口》《过始宁墅》等，无一不展现出他过人的描摹技巧。

谢灵运之后，山水诗在南朝日益兴盛。南朝很多著名诗人都写过山水诗，如谢朓（tiǎo）、沈约、鲍（bào）照等，其中成就最高的是谢朓。

谢朓继承了谢灵运山水诗清新、细腻的优点，可是他并没有像谢灵运那样，置身于山水景色之外对其进行描摹，而是将自己的情感与景色融为一体，寓情于景，情景交融，形成了一种全新的风格，使山水诗的艺术魅力获得了极大的提升。南朝的梁武帝说：“我三日不读谢诗，就觉得口臭。”可见他的诗多么受当时人的喜爱。

南朝另一位著名的诗人鲍照也在山水诗创作上取得了一定的成就。鲍照虽然出身卑微，却才华出众，在诗、赋、骈文三个领域都成就非凡，特别是诗歌。鲍照最擅长写七言乐府诗，但他的山水诗却以五言诗为主，讲究对仗工整与词句雕琢，景色描写幽奇深秀，可惜略显滞涩，不如他的七言乐府诗流畅飘逸。

《昭明文选》

南北朝时期，社会上掀起了编纂诗文总集的热潮，《昭明文选》因分类齐全、选编精准脱颖而出，成为我国最早的诗文总集。直至今天，它与《诗经》依然是研究古典文学的首选。

《昭明文选》是南朝梁武帝的太子萧统组织门客一起选编的。萧统英年早逝，谥号“昭明”，故这本文选被称为《昭明文选》。《昭明文选》一共有30卷，收录了从先秦到南北朝前期的作品700余篇，主要分赋、诗、文三部分。由于选材严谨、辞藻绚丽，在科举取士的古代，它一直是读书人必读的“教科书”。

南曲北歌调不同

5世纪，中国历史进入南北分裂、对峙的时期。南方先后出现了宋、齐、梁、陈四个政权，称为南朝；北方则出现了北魏、东魏、西魏、北齐、北周五个政权，称为北朝。这便是历史上的南北朝时期。这段时期，中国民间诗歌繁荣发展。不过，由于南朝和北朝长期处于对峙状态，经济、政治、文化、习俗等方面都存在显著差异，南北朝民歌也呈现出两种截然不同的面貌：南朝民歌婉转，北朝民歌豪放；南朝民歌多反映爱情，北朝民歌多反映社会现实和民间风俗。

南朝民歌

现存的南朝民歌大多保存在《乐府诗集》中，这是宋代郭茂倩编撰的一部诗歌总集。南朝民歌主要分为两种类型：一是吴歌，二是西曲。吴歌现存326首，以江苏南京为中心；图16 西曲现存142首，分布于湖北江陵、襄阳到河南邓州一带区域。除此之外，现存的南朝民歌还包括18首神弦曲，是百姓祭神的乐歌，同样兴起于南京。

南朝民歌的内容比较单一，绝大多数是

图16 林凡《子夜吴歌》

情歌。之所以会这样，主要是因为南朝民歌诞生于商业城市中，创作者多是市民、生意人、歌女，比较看重享乐。此外，现存的南朝民歌都是朝廷的乐府机构采集、保留下来的，这些机构采集民歌完全是为满足统治者享乐的需要，因此在采集过程中偏重于情歌也就不足为奇了。

这些情歌中有描写忠贞不渝的爱情的，有描写女子相思之苦的，有怨恨男子薄情的，有描写离愁别绪的……在艺术特色方面，南朝民歌多是小格局，五言四句，只有极少数篇幅较长。在情感的表达上，南朝民歌显得十分含蓄、细腻，与北方的粗犷豪迈迥然不同。在语言的运用上，南朝民歌清新自然，既有质朴的方言口语，也有对书面语娴熟、巧妙的应用。利用汉语谐音构成双关隐语，是南朝民歌中最引人注目的艺术技巧，如有“丝”和“思”、“藕”和“偶”、“莲”和“怜”等构成的双关语，这使南朝民歌在表达感情时显得更加缠绵、婉转。

在南朝民歌之中，文学价值最高的当数《西洲曲》。这是一篇描述女子相思之情的抒情长诗，中间穿插着对不同季节的景色变化和女子内心活动、仪容、服饰的描绘，层层递进，揭示人物的内心情感，洋溢着浓厚的生活气息和鲜明的情感色彩，表达技巧相当娴熟，被后人盛赞为“言情之绝唱”。

北朝民歌

北朝民歌现存大约70首，大多是少数民族创作的，传入南朝，被南朝人保存下来。现存的北朝民歌虽然数量有限，但内容比一味描写男女爱情的南朝民歌丰富得多，其中既有像《敕勒歌》这样描述北方游牧民族生活和风光景色的，又有描述北方民族崇尚武力和豪迈个性的；既有描述爱情婚姻的，又有像《木兰诗》这样描述战争徭役之苦的。

在艺术特色方面，北朝民歌句式多样，不光有五言诗，还有四言诗、七言诗、杂言诗等。北朝民歌在表达情感时，比不上南朝民歌细腻、委婉，但其率真、粗犷的表达方式也别有一番风味。在语言的运用上，北方民歌显得朴实无华，毫不矫揉造作，比如《敕勒歌》：

敕勒川，阴山下，
天似穹庐，笼盖四野。
天苍苍，野茫茫，
风吹草低见牛羊。

寥寥20余字，用词朴素，似乎只是随口吟唱，却已描绘出一幅完整、生动的草原风光画卷，成为千古绝唱。

北朝民歌中文学成就最高的是长篇叙事诗《木兰诗》。该诗描述了木兰女扮男装、代父从军的故事，最早诞生于北朝民间。在艺术表现手法上，《木兰诗》运用了大量排比、对偶、比兴、叠字、夸张、比喻等手法，其中既有朴实无华的口语，又有对仗工整的律句，虽然可能经过后人的加工，但仍保持了浓郁的民歌特色。另外，这首诗在描绘具体内容时做到了繁简得当。该诗无论是时间还是空间，跨度都非常大，写起来会相当烦琐，但作者经过恰当处理，详写了出征前和出征归来的情景，对行军打仗的过程只用了寥寥30字：图17

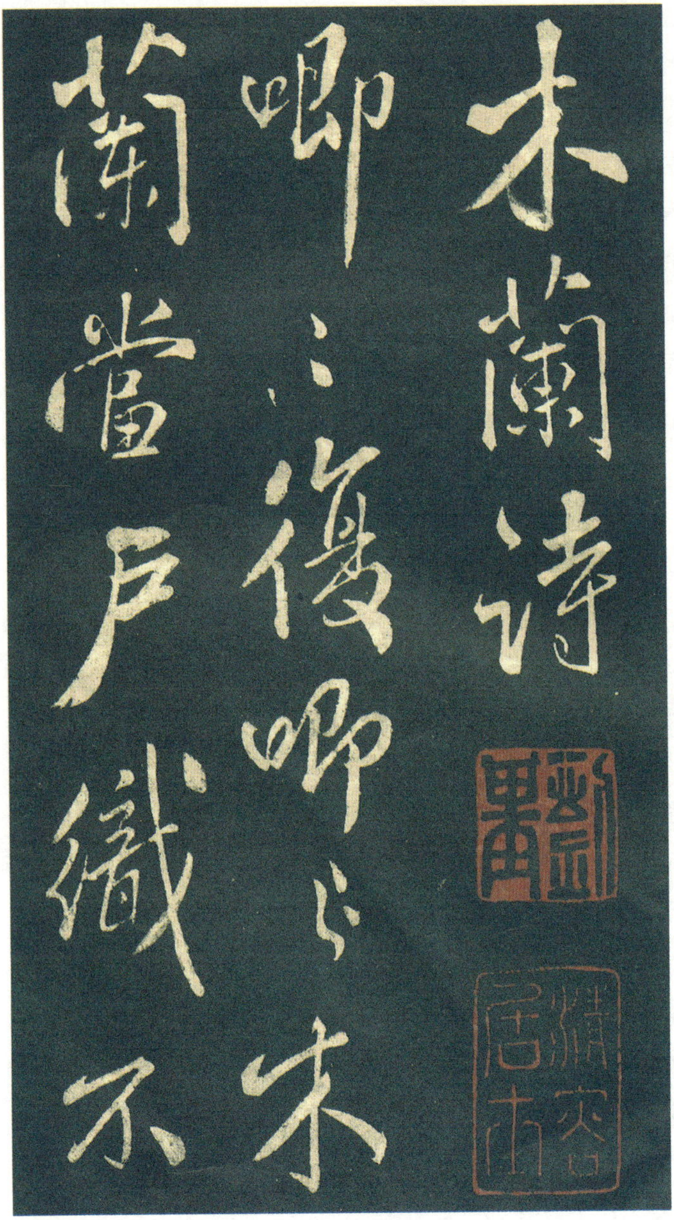

图17 [北宋]米芾《木兰辞》(局部)

万里赴戎机，关山度若飞。朔气传金柝，寒光照铁衣。将军百战死，壮士十年归。

字数虽少，却已将战争的残酷展现得淋漓尽致。这些都是《木兰诗》传诵千古必不可少的因素。此外，还有一个重要因素，就是它成功塑造了花木兰这样一个光辉的女性形象，她善良、坚强、果敢、英勇、质朴、高洁，在女性地位特别低下的封建社会，她的形象显得尤为难得。

谈神说鬼的志怪小说

南朝时期，中国出现了一部题为《世说新语》的文学作品，主要记录魏晋名士的逸事。这部作品在当时最特别的一点是，它是一部小说。究竟什么是小说？小说的源头又是什么呢？

“小说”作为一个词语，最早出现在《庄子》中，不过是指琐碎的言谈，完全不同于我们通常理解的小说。东汉时期，班固在《汉书》中写道：“小说家者流，盖出于稗（bài）官，街谈巷语，道听途说者之所造也。”这里的“小说”才和通常意义上的小说意思相近了。小说其实就是通过塑造人物、叙述故事情节、描绘环境，来反映社会生活的一种文学体裁。人物、情节和环境是小说的三大要素。

要追溯小说的源头，得从先秦时代说起。上古神话是小说的重要起源，其叙述虽然简略，却已具备人物和情节这两大小说要素。春秋战国时期，《孟子》《庄子》《韩非子》等散文作品中出现了很多寓言故事，其中部分人物个性鲜明，小说的味道已开始展露。而汉代的《史记》《汉书》、西晋的《三国志》等史书，其中描绘的丰富的人物性格和引人入胜的故事情节，更是为小说提供了丰富的素材和叙事经验。魏晋南北朝时期，文人笔记盛行，里面记录了很多奇闻逸事，同样是小说的一大来源。

中国的小说早在汉代就出现了，《汉书》曾提及多部小说，可惜都已失传。小说《神异经》的作者标注的是西汉的东方朔，但实际上很可能是魏晋南北朝的文人写的。其他标注着汉代作者的小说，如班固的《汉武帝故事》《汉武帝内传》等，也都是相同的情况。魏晋南北朝时期，小说十分兴盛，总共出现了大约 50 部小说。它们共同的特点是篇幅都比较短，叙事非常简略，人物刻画也不够深入，缺乏细节描写和艺术加工，与真正成熟的小说相比还有很大差距。不过，这段时期的小说依然具有相当大的文学价值。

魏晋南北朝的小说可分为两种类型：志怪小说和志人小说。

志怪小说，顾名思义，就是记述神仙鬼怪故事的小说。志怪小说的盛行和古人迷信的社会风气密切相关。古代科技落后，迷信思想盛行，方士大力宣扬仙术，再加上东汉时期出现的道教和从域外传来的佛教，为志怪小说的产生与发展提供了肥沃的土壤。图18

魏晋南北朝的志怪小说中，最具代表性的是《搜神记》。这是东晋史学家干宝编撰的一部小说集，记录了 400 多个故事。其中有些故事曲折反映了社会现实，揭露了统治阶层的残暴，歌颂了反抗者的斗争，尤其引人注目。比如《韩凭妻》一篇，描述韩凭的妻子被权贵霸占，韩凭被逼自杀，他的妻子随即也自杀的故事。两人死后，有两棵大树从他们的坟前生长出来，彼此纠缠在一起，一对鸳鸯在树上悲鸣。

志人小说是魏晋南北朝时期出现的另一种小说类型，数量仅次于志怪小说。志人小说是记述人物言行和历史人物传闻逸

事的小说，可分为三种类型：笑话、野史和逸闻逸事。

笑话的代表作是三国时期魏国邯郸淳编撰的《笑林》，其中收录的全部是幽默诙谐的故事。野史的代表作是东晋葛洪辑抄的《西京杂记》，“西京”即西汉都城长安，这是一部描述西汉野史的小说集，“昭君出塞”“卓文君夜奔司马相如”等家喻户晓的故事就源自这部小说。逸闻逸事作为志人小说最重要的一种类型，代表作繁多，其中文学价值最高的非《世说新语》莫属。

《世说新语》是南朝刘义庆组织一批文人编撰的，其中关于魏晋名士逸闻逸事的记载，为研究魏晋上层社会风尚提供了丰富的历史资料。《世说新语》拥有较高的文学价值，几乎所有魏晋名人从帝王到隐士的逸闻在其中都能找到。《世说新语》在描绘人物上堪称入木三分，往往只用寥寥数语，就勾勒出一个栩栩如生的人物。

图18 ［宋］佚名《搜山图》卷（局部）

魏晋南北朝的小说虽然还不够成熟，但对后世小说的发展意义非凡。它在叙事手法、人物刻画和细节描绘方面，都为之后的小说写作积攒了丰富的经验，而它数目繁多的作品也为之后的小说、戏剧等提供了大批素材。特别是《世说新语》和《搜神记》，俨然成了后世文学取之不尽、用之不竭的素材宝库。

581—960年

叁

盛唐气象，诗歌的黄金时代

唐代是一个诗歌空前繁荣发展的朝代，卓越的诗人和不朽的诗篇有如恒河沙数，李白和杜甫更成了中国诗歌史上两座不可逾越的高峰。同时，文言小说唐传奇盛极一时。在唐代灭亡后的五代十国，词的创作有了较大发展，花间词和南唐词十分流行，还诞生了「千古词帝」李煜。

初唐四杰：唐诗领路人

初唐年间涌现出大批优秀诗人，“初唐四杰”是其中的代表人物，分别是王勃、杨炯、卢照邻、骆宾王。

“四杰”生活的年代，诗坛盛行“上官体”，这种诗体内容空泛，一味重视诗的形式技巧，追求声辞之美。就在这时，“四杰”挺身而出，反对诗坛这种不正之风。首先站出来的是王勃，随后其余三人纷纷响应，投身到反对“上官体”的诗歌创作活动中。

“四杰”对唐诗的贡献主要可分为两个方面：

首先是丰富了唐诗的题材和内容。“四杰”把初唐的诗歌从狭隘的宫廷、台阁转向了范围广阔的市井、山河、边塞，创作的诗歌包括咏史诗、咏物诗、山水诗、送别诗、边塞诗等。

所谓边塞诗，就是以边疆地区的军民生活和自然风光为题材创作的诗。唐代是边塞诗发展的黄金时代，《全唐诗》中收录的边塞诗有2000余首。“四杰”也创作了不少边塞诗，虽然他们之中只有骆宾王去过边塞，其余三人从未踏足那里，但是他们的边塞诗中却表现出了十分强烈的建功立业的思想，以及豪迈的英雄气概。图19

图19 [清] 华嵒《天山积雪图》(表现唐朝旅人远行边塞的孤寂氛围)

“四杰”对初唐诗坛另一个重要贡献是，为五言律诗奠定了基础，并使七言诗走向成熟。在“四杰”之前，五言律诗就已经出现了，但作品并不多。等到“四杰”步入诗坛后，这种诗歌形式才得以固定下来，并得到了充分发展。“四杰”创作了很多质量很高的五言律诗，为之后五言律诗的发展打下了很好的基础。

七言诗全篇每句七字或是以七字句为主，是古代诗歌中形式最活泼、体裁最多样、句法和韵脚处理最自由、抒情叙事最具表现力的一种形式。七言诗最早起源于先秦时期的民谣。曹魏时期，现存第一首文人创作的完整七言诗诞生，就是曹丕的《燕歌行》。此后，七言诗逐步增多，但到了唐代才真正发展起来，走向成熟。“四杰”对此贡献不俗，尤其是卢照邻和骆宾王，都是个中高手。

初唐诗坛还有一位诗人不能不提，他便是陈子昂。他的诗歌创作有明显的复古倾向，致力于复兴古诗中比兴言志的风雅传统，这在他的《感遇三十八首》中得到充分体现。不过，要说他知名度最高的作品，还要数《登幽州台歌》：

前不见古人，后不见来者。
念天地之悠悠，独怆然而涕下。

这首诗写于武则天统治时期，当时陈子昂在朝中得不到重用，接连遭到贬黜，眼见报国宏愿难以实现，他登楼远眺，心生感慨，便写下了这首诗，以表现自己怀才不遇、寂寞无奈的心情。全诗风格明朗刚健，颇具“汉魏风骨”，对之后的唐诗创作影响深远。

隋代诗歌

诗歌在唐代达到了鼎盛，诗人更是灿若星辰，清人彭定求等10人奉敕编了一部《全唐诗》，收录唐、五代诗歌共49 403首，诗人有2837人。中国人讲究“吃水不忘打井人”，唐诗之所以能获得如此耀眼的“明星光环”，离不开隋代诗人在诗坛的辛勤耕耘。

隋朝如同它的“前辈”秦朝，寿命不到40年，短暂得还来不及形成自己的文学特色，诗歌方面还处于对南北朝的模仿、延续上，但后来唐代流行的边塞诗、山水田园诗的雏形在当时已经出现。如写边塞诗的有卢思道、杨素、薛道衡，其中，薛道衡的《人日思归》就颇为有名。写山水田园诗的有王绩，他以阮籍和陶渊明为自己的榜样，不仅隐居山林，还写出了“树树皆秋色，山山唯落晖”的好句。王绩出身学者世家，他的哥哥王通也是隋代著名的学者，他的侄孙王勃更是写出了“落霞与孤鹜齐飞，秋水共长天一色”的千古名句，是著名的“初唐四杰”之一。

盛唐诗派：山水田园与边塞

盛唐指唐玄宗在位的开元、天宝年间。在这一时期，出现了大批才华极为出众的诗人。他们汲取了初唐的诗风与诗律的双重养分，创作的诗歌不仅数量多，而且质量上乘，将情思、韵律与文采相融，自成一体，正如唐代文学家殷璠所说，达到了“神来，气来，情来”的声律风骨兼美的境界。

在盛唐诗坛，田园山水诗和边塞诗比重最大，也最具代表性。

山水田园诗派

王维和孟浩然是唐代山水田园诗人的杰出代表。

王维，字摩诘，河东蒲州（今山西运城）人，祖籍山西祁县。王维的诗歌作品中，山水田园诗占据了相当大的比重，而他本人也成了山水田园诗派的领军人物。王维的山水田园诗在描绘自然景物方面造诣极高，不管是雄伟壮丽的名山大川、辽阔荒芜的边疆关塞，还是幽静雅致的小桥流水，他都能用简短的字句将其准确、生动地描绘出来，实现诗情与画意的完美交融，正如苏轼所言：“味摩诘之诗，诗中有画；观摩诘之画，画中有诗。”图20

图20 傅抱石《渭城曲》（此画根据王维《送元二使安西》一诗创作而成：渭城朝雨浥轻尘，客舍青青柳色新。劝君更尽一杯酒，西出阳关无故人。此诗又名为《渭城曲》）

孟浩然是唐代山水田园诗派另一位领军人物，与王维并称为“王孟”。孟浩然出生于襄阳的书香世家，自幼勤学苦读。与王维相比，孟浩然的山水田园诗更贴近日常生活，诗中描写的景色往往是他生活环境中的一部分，比如他的《过故人庄》：

故人具鸡黍，邀我至田家。
绿树村边合，青山郭外斜。
开轩面场圃，把酒话桑麻。
待到重阳日，还来就菊花。

诗中描绘了诗人应邀到乡间一个朋友家做客，两人面对淳朴、自然的田园风光，把酒畅谈，乐趣无穷。这首诗乍看似乎很平淡，但静心品味之后就会发现，整首诗就像描摹了一幅优美的田园风光画，实现了情和景的完美交融，具有极强的艺术感染力。

唐代山水田园诗派除了王维和孟浩然这两大领军人物，还有裴迪、储光羲、刘昚（shèn）虚、张子容、常建等，其中成就最高的是常建。他的作品以隐居生活的题材为主，《题破山寺后禅院》是其代表作。

边塞诗派

边塞诗派是盛唐时期除山水田园诗派以外的另一大诗派，代表诗人有高适、岑参、王昌龄、王之涣、李颀（qí）等人，其中尤以高适和岑参的成就最高。

高适，字达夫，渤海蓨（读 tiáo，今河北衡水）人，少年时生活贫困，喜欢交朋友，颇有游侠风范。高适早年官场不顺，50多岁后因跟随在“安史之乱”中逃亡的唐玄宗到四川，图21 从此官运亨通，最后官至常侍，并被封侯，人称“高常侍”，他的作品集也被称为《高常侍集》。在盛唐众位诗人中，高适是仅有的一个做上高官又被封侯的人。

高适的作品绝大多数写于“安史之乱”前。他的边塞诗最突出的特点是苍凉古朴、雄浑悲壮，引人感慨，发人深思。

高适的作品很少有单纯写景的，大多是在抒发情感时顺带写景，这导致他诗中的景色都带有明显的主观印记，比如他的代表作《燕歌行》中就有这样的诗句：“大漠穷秋塞草腓，孤城落日

图21 ［唐］李昭道《明皇幸蜀图》
（一说为唐代李思训所绘）

斗兵稀。”大漠、衰草、古城、落日，这些景物全都被诗人赋予了情感色彩，共同构成了一幅凄凉悲壮的画面。

高适的性格豪爽直率，反映在他的边塞诗作品上，就是多直抒胸臆，很少用到比兴手法。另外，他的用词也十分简洁，很少有雕琢的痕迹。

岑参是与高适齐名的盛唐边塞诗人。他出生于江陵（今湖北荆州）一个官宦家庭，祖上曾出过3位宰相，父亲也做过州刺史。在盛唐擅长写边塞诗的诗人中，岑参留存的这类作品是最多的，共有70多首。

与高适的雄浑悲壮、直抒胸臆不同，岑参的边塞诗富于浪漫主义色彩，想象丰富，色彩瑰丽，热情奔放，代表作有《白雪歌送武判官归京》《走马川行奉送出师西征》等。以《白雪歌送武判官归京》为例，这首诗描写了诗人雪中送别友人一事，开篇写雪，极具浪漫色彩：

北风卷地白草折，胡天八月即飞雪。
忽如一夜春风来，千树万树梨花开。

将雪景写得如此壮美，宛如成千上万株梨树盛开，想象之奇异，远非常人所能比拟，难怪杜甫会说：“岑参兄弟皆好奇。”

除高适、岑参外，王昌龄也在边塞诗的创作上取得了颇高的成就，代表作有《出塞》《从军行》等。《出塞》第一首是唐代边塞诗中不可多得的精品，我们耳熟能详：

秦时明月汉时关，万里长征人未还。
但使龙城飞将在，不教胡马度阴山。

还有王之涣，他也擅长描写边塞风光。王之涣所作之诗，多为当时乐工谱曲歌唱，因此广为传诵，可惜散佚严重，存世不多。他与高适、王昌龄有深交，曾相互唱和赠诗，世人将其三人与岑参并称为唐代“四大边塞诗人”。

王之涣的传世之作有6首，其中，边塞诗代表作为《凉州词》(其一)。这首诗充满了雄浑荒凉的唱调：

黄河远上白云间，一片孤城万仞山。
羌笛何须怨杨柳，春风不度玉门关。

全诗苍凉悲壮、慷慨激昂，与高适边塞诗的风格很相近。最后一句“春风不度玉门关”，更是朗朗上口的千古名句。

天生我材必有用

在盛唐诗坛涌现出的大批优秀诗人中，文学成就最高的当数伟大的浪漫主义诗人、“诗仙”李白。

李白，字太白，号青莲居士，自称祖籍陇西成纪（今甘肃静宁西南）。李白 20 多岁时从居住地四川离开，出门远游。走到江陵时，他创作了《大鹏赋》，这是他第一篇享誉天下的文章。35 岁那年，他西游长安，趁着唐玄宗狩猎的机会，献上《大猎赋》，希望能得到重用。可惜他在长安逗留了很久都未能如愿。这段经历让李白满怀激愤，创作了很多佳作，以抒发自己怀才不遇的愤懑，如《蜀道难》《行路难》《梁甫吟》等。图22

42 岁时，李白终于在玉真公主的引荐下得到了唐玄宗的赏识，被召入宫中。在长安为官期间，李白逐渐意识到国家繁荣的背后其实隐藏着重重危机，再加上官场黑暗，其余官员因嫉妒对他恶意诋毁，这些都使他不堪重负。就在这时，唐玄宗将他“赐金放还”，逼迫他离开长安。不久，李白到了洛阳，遇上了杜甫。中国文学史上最伟大的两位诗人见了面，并结下了深厚的友情。

“安史之乱”爆发后，李白隐居庐山，正好永王李璘东巡，请李白做自己的幕僚。

图22 ［清］苏六朋《太白醉酒图》

之后，李璘起兵谋反，兵败被杀，李白也受到牵连，被流放到夜郎。幸而朝廷大赦天下，李白重获自由，在南方各地游历。几年后，李白在当涂（今安徽省东部，属马鞍山市）病逝，享年62岁。

李白一生坎坷，政治失意，却在文学领域取得了巨大的成就，创作了大量绝句、乐府和歌行，传诵千古的名篇不计其数。盛唐诗人中很多都擅长写绝句，王维等人擅长写五言绝句，王昌龄等人擅长写七言绝句，唯有李白两者都擅长，而且做到了极致。

李白的绝句语言简洁明快，却蕴含着无限情思，达到了绝句的最高境界：自然而又含蓄，简单而又意蕴丰富。李白的五言绝句代表作有《静夜思》《独坐敬亭山》《秋浦歌》《越女词》等，七言绝句代表作有《望庐山瀑布》《早发白帝城》《黄鹤楼送孟浩然之广陵》《望天门山》等。图23

李白的绝句深受乐府民歌影响，他一生创作了大量乐府诗，有些以叙事为主，有些以抒情为主。以抒情为主的乐府诗更能展现李白的个性特色，《将进酒》《蜀道难》等都是其中的佳作。以《将进酒》为例，这首诗写于天宝年间，当时李白已被唐玄宗"赐金放还"8年。李白在朋友家中饮酒，酒后有感而发，写下了这首千古名篇。其中，"人生得意须尽欢，莫使金樽空对月""天生我材必有用，千金散尽还复来""古来圣贤皆寂寞，唯有饮者留其名"等都成了流芳千古的名句。李白桀骜不驯、骄傲自信的性格特点在其中也得到了充分展现。

另外，李白在歌行创作方面也取得了极高的成就。歌行是古代诗歌的一种体裁，是在乐府诗的基础上形成的，题目中往往带有"歌""行"二字，比如《大风歌》《燕歌行》等。

图23 ［清］石涛《黄鹤楼送孟浩然之广陵》

李白的歌行诗情感抒发多一波三折，句式长短多变，音节错落有致，旋律激昂，气势非凡，既豪迈雄壮，又潇洒飘逸。

李白在中国文学史上占据着不可替代的地位，他以非凡的才华和气质成就的诗歌风格，后人很难模仿，但他在诗歌中表现出的自信、豪迈的人格魅力，却成了后世诗人竞相效仿的对象，苏轼、陆游等大诗人都深受其影响。

语不惊人死不休

在盛唐诗人中，能与李白齐名的，只有杜甫一人。作为一位伟大的现实主义诗人，杜甫被世人尊称为“诗圣”。

杜甫，字子美，号少陵野老，人称杜工部、杜少陵。图24 杜甫出生于河南巩县（今河南巩义），20 岁左右开始在外游历。35 岁时，杜甫来到长安，一心想入仕，实现自己的政治抱负，为此他再次参加了科举，

图24 蒋兆和《杜甫像》

结果还是名落孙山。此后，他在长安逗留了近10年，看尽民间疾苦，历尽辛酸，由此也对朝廷政治、社会现实的认识上升到全

新的高度，创作了很多批判时政、讽刺权贵、反映社会现实的佳作，如《兵车行》《丽人行》《自京赴奉先县咏怀五百字》等。图25

图25 徐燕孙《兵车行》

与此同时，他不断向唐玄宗、贵族献诗，希望能得到入仕的机会，可最终只做了个芝麻小官。

“安史之乱”爆发后，杜甫被叛军俘获，押解到长安。其后，不断有官军战败的消息传来，杜甫满心悲愤，写下了《春望》《月夜》《哀江头》等名篇。后来，他听说唐肃宗在灵武登基，赶去投奔，被任命为左拾遗，但很快又被贬为华州司功参军。在去华州的路上，杜甫途经新安、石壕、潼关等地，根据自己目睹的现实写了一组诗，这便是传世名作《三吏》《三别》。

杜甫的诗歌被誉为“诗史”，因为它们如实反映了当时的历史，并赋予历史事件以具体、生动的生活画面，这在《三吏》《三别》中表现得十分突出。《三吏》分别是《新安吏》《石壕吏》《潼关吏》，《三别》分别是《新婚别》《垂老别》《无家别》。这些诗都以单个人、单个家庭为切入点，以他们悲惨的经历展现战乱带给全体百姓的痛苦。将强烈的抒情融入叙事中，恰是杜甫诗歌的普遍特色。这种诗歌表现手法此前从未出现过，使得杜甫的诗歌迥异于盛唐其他诗人。

尽管杜甫在古体诗创作方面声名显赫，但他在律诗方面的成就更高。他拓展了律诗的表现范围，不仅用律诗写宴饮、旅行、山水，用律诗咏怀，还用律诗写社会现实。另外，他还创作了很多律诗组诗，组诗能更好地提升律诗的表现力。杜甫的律诗组诗代表作有《秋兴八首》《咏怀古迹五首》等。杜甫的律诗精于炼字炼句，他曾说自己“为人性僻耽佳句，语不惊人死不休”。他的诗一旦完成，别人往往连一个字都不能改动。

杜甫诗歌的主要艺术风格是沉郁顿挫，沉郁是说他的感情悲慨、博大、深厚，顿挫是说他的表达起伏波荡、低回往复。另外，他还有很多别的艺术风格，比如他的《江畔独步寻花七绝句》，就写得淡雅从容、十分飘逸，这和他在那段时期闲适的生活息息相关。只可惜，这样的时光非常短暂，杜甫的人生大半都在坎坷波折、颠沛流离中度过，因而他的作品也以沉郁顿挫的风格为主。

格律诗

格律诗，也称近体诗，始于南北朝，成形于唐代。格律诗按行数多寡，可分为绝句和律诗。绝句四行，律诗通常为八行。在律诗中，两句为一“联”。第一联（第一、二句）称“首联”，第二联（第三、四句）称“颔联”，第三联（第五、六句）称“颈联”，第四联（第七、八句）称“尾联”。每联的上句称“出句”，下句称“对句”。

格律诗按每行字数多寡，又可分为五言绝句、五言律诗和七言绝句、七言律诗。

格律诗，尤其是律诗，在平仄、用韵、对仗上都有严格的规定。第一，平仄就是声调。在现代汉语拼音中，音调分为一、二、三、四声，而在古代，音调指的是“平”“上”“入”“去”四声。除“平”以外，“上”“入”“去”都为仄。在格律诗中，必须做到平仄相对。第二，用韵。韵就是汉语拼音中的韵母。绝句的押韵规则是第二句、第四句要押韵，第一句可韵可不韵，第三句不韵。在律诗中，押韵的规则是偶数句必韵，第一句可韵可不韵，奇数句不韵。第三，对仗。绝句不要求用对仗，但律诗中间两联必须对仗。

不平则鸣的『韩孟诗派』

中唐时期，唐诗创作经历了一段衰落期，之后重新走向兴盛，涌现出多个诗歌流派，其中就有著名的“韩孟诗派”。该诗派以韩愈为领袖，其余代表人物有孟郊、李贺等。

“韩孟诗派”的形成经历了这样一个过程：792年，韩愈25岁，认识了42岁的孟郊，韩愈写了两首诗送给孟郊，两人结为好友，为之后“韩孟诗派”的形成打下了基础。796—800年、806—811年，“韩孟诗派”成员先后举行了两次大规模聚会。在这两次聚会上，大家互相切磋，畅所欲言，在审美意识和艺术追求上逐渐达成一致，诗派群体风格开始形成。

在诗歌创作上，“韩孟诗派”主张不平则鸣。“不平”就是人心中有不平的情感，就要将这种情感表达出来。这一理论揭示了“韩孟诗派”进行诗歌创作的原因，同时也肯定了“不平”这种创作心态。除此之外，“韩孟诗派”还主张“笔补造化”，是说诗歌创作要有创造性思维。同时，“韩孟诗派”还十分推崇雄奇怪异之美，尤以韩愈最为突出。孟郊、李贺等诗人也都有这样的审美倾向，特别是李贺，虽然他的诗歌题材比较狭窄，雄奇不足，怪异有余，但还是努力实践了诗派的这一创作主张。

“韩孟诗派”中文学成就最高的当数韩愈。韩愈，字退之，世称韩昌黎，著有《韩昌黎集》，诗歌现存400多首。韩愈除了是一位大诗人，还是一位散文大家。在他的影响下，“韩孟诗派”形成了把诗歌散文化的创作风格：他们把散文的章法结构和句法融入诗歌，将叙事、议论、抒情结合在一起，使诗歌“既有诗之优美，复具文之流畅，韵散同体，诗文合一”。图26

孟郊的诗歌数量较少，影响也远远不及韩愈。他最脍炙人口的一首诗是《游子吟》，全诗采用白描手法，描述了游子临行前母亲为其缝衣的场景，情感真挚自然，千百年来一直广为传诵。

“韩孟诗派”的其余代表人物中，以李贺的成就最为突出。李贺是没落的唐宗室后裔，家境贫寒，一生落魄，只活了短短27年。但作为一位天才诗人，李贺在短暂的一生中，将所有精力都

图26 ［明］杜堇《古贤诗意图》卷之《听颖师弹琴图》（此画根据韩愈诗《听颖师弹琴》绘成，其中几句为：“自闻颖师弹，起坐在一旁。推手遽止之，湿衣泪滂滂。”）

倾注在了诗歌创作上，呕心沥血，废寝忘食。李贺现存的诗歌约有 240 首，这些诗歌用词奇特，想象诡异，意境冷艳凄迷，极富悲剧色彩。相较于韩愈和孟郊，李贺更看重对内心的探索，想象也更具主观色彩，所以他的诗人气质更为突出，创作风格直接影响了晚唐诗风。

郊寒岛瘦

在唐代诗坛，既有李白这种天赋异禀的大材，也有靠勤奋努力成功的“苦吟诗人”。苦吟诗人中最具代表性的是孟郊和贾岛，二人合称“郊寒岛瘦”。

孟郊一生穷困潦倒，在韩愈的帮助下，才谋了一个溧阳县尉的小官。可他为了写出好诗，一天到晚不是在外游山玩水，就是在书房琢磨句子，以致连公务也忘了处理。结果他被县官告发，不仅丢了工作，还被罚了一半的薪水。因为他的诗作得实在太苦了，被后人称为“诗囚”。

贾岛写诗的痴狂劲儿与孟郊不相上下。有一次，他写了一首题为《题李凝幽居》的诗，诗里有“僧推月下门”一句，可是他拿不定主意，是用“推”好，还是用“敲”好。为了有个结果，他日日思索。有一天，他骑着驴走在大街上，嘴里念念有词，手还来回比画。结果，他不小心闯进了一个官员的仪仗队。而这个官员不是别人，正是当时的文坛领袖韩愈。韩愈听了贾岛的难题，便给他出主意说：“还是用‘敲’好。”因为敲的声音更能反衬环境的幽静。于是就有了我们耳熟能详的千古名句“鸟宿池边树，僧敲月下门”。而“推敲”一词就这么诞生了。

此诗仙非彼诗仙

中唐著名诗人中，不得不提的还有白居易。白居易，字乐天，号香山居士。

为官之初，白居易对政治充满热情，不断上书指陈政事，并写下大量讽喻诗。这些讽喻诗有两种倾向：一是反映底层百姓痛苦的生活，二是揭露上层社会腐败的生活和欺凌百姓的恶行。

除了讽喻诗，白居易还相当重视闲适诗的创作。如果说陶渊明是闲适诗的鼻祖，那么将闲适诗思想上升到理论高度的是白居易。

白居易的讽喻诗和闲适诗都具有通俗性和写实性的特点，前者志在“兼济天下”，后者志在“独善其身”。白居易的闲适诗对后世影响很大，诗中平易浅切的语言和悠闲淡泊的心态，以及脱离政坛、隐居避世的闲适心理，都与后世文人不谋而合。

中唐时期，诗坛还流行一些长篇叙事诗，白居易的《长恨歌》和《琵琶行》便是其中不可多得的佳作。

《长恨歌》叙述了唐玄宗和杨贵妃的爱情悲剧。在写这首诗时，白居易一反自己写实的风格，运用了很多想象和虚构的手法，使得整首诗脱离了历史原貌，变成了一首以咏叹爱情为主的风情诗。诗中的抒情成分非常浓重，诗人将叙事、抒情、写景融合在一起，或是将人物的情感倾注到景物中，以烘托人物心情，或是通过写人物对周围景物的感受，表现其内心情感。这种回环往复的抒情，使人物的思想情感更加丰富、细腻，进而使整首诗更具艺术感染力。图27

《琵琶行》写于白居易担任江州司马期间，这是一首现实题材的叙事诗。在艺术表现手法上，诗人主要借助人物的动作、神态展示其性格与内心，如“千呼万唤始出来，犹抱琵琶半遮面”，

图27 ［宋］佚名《杨贵妃上马图》团扇

就生动表现了琵琶女不愿与人相见的心理。全诗最精彩的当数对琵琶乐声的描写，用急雨、私语、珍珠落玉盘、花底莺啼、冰下流水、银瓶乍破等一连串比喻，将乐声的起伏跌宕生动再现，堪称完美。

白居易在活着的时候就已经享誉全国、无人不晓，无论是饱读诗书的文人，还是目不识丁的老百姓，都常常把白居易写的《秦中吟》《长恨歌》挂在嘴边，甚至有歌伎以能唱《长恨歌》为自己的撒手锏。有“小太宗”之称的唐宣宗也曾写诗赞誉他“缀玉联珠六十年，谁教冥路作诗仙”，可见早在唐代，白居易就已经有“诗仙”的美名。而我们熟知的大诗人李白，从清代起才开始被称为“诗仙”，真是此诗仙非彼诗仙矣！

怀古咏史『小李杜』

晚唐时期，唐王朝危机四伏，藩镇割据，战乱四起，赋税沉重，民不聊生。科举考试也被权贵操纵，出身平凡的士人纵然才能出众，也难以中举。眼见国家没落，自己又报国无门，前途未卜，晚唐诗人普遍比较压抑，怀古伤今的咏史诗数量大增，佳作频出。这段时期的代表诗人有杜牧、李商隐、温庭筠等人。

杜牧，字牧之，京兆万年（今陕西西安）人。他很有政治抱负，无奈仕途不顺，无法施展自身能力，文学成了他一生最大的成就。杜牧对晚唐的柔靡诗风十分不满，努力予以矫正。他的诗歌主要特色是将豪迈不羁与缠绵情思相融合，既清丽爽朗又含蓄柔美。图28

杜牧的诗歌现存400多首，其中有相当一部分是怀古咏史诗，如《登乐游原》《赤壁》等。除了怀古咏史诗，杜牧的写景纪行诗也有不少名篇，比如《山行》：

远上寒山石径斜，白云生处有人家。

停车坐爱枫林晚，霜叶红于二月花。

全诗描绘了一幅美丽动人的山林秋景

图28 [清] 邹一桂《杜牧诗意图》

图，其中山路、白云、人家和红叶共同构成了一幅和谐的画面。这些景色的地位有主有从，前三句都位于从属地位，有效地烘托了第四句中的真正主角红叶。

盛唐时期，李白和杜甫被合称为“李杜”，到了晚唐，又出现了“小李杜”，“杜”便是杜牧，“李”便是李商隐。李商隐的诗歌风格十分哀艳，这种哀艳在他各类题材的诗歌中均有所体现，无论是感叹自己坎坷身世或悲惨爱情的诗歌，还是忧心国家命运的诗歌，都不例外。

李商隐的抒情诗情调十分优美，采用含蓄、迂回的方式，表达出层次丰富而又幽深的情感。李商隐擅长将朦胧的感受化作迷离的诗歌意象，这种意象具有某种象征意义，但旁人又很难猜测出它具体象征的是什么。比如他的很多无题诗，都是类似情况，于是朦胧就成了李商隐诗歌的一大艺术特色。

另外，李商隐还习惯于在诗中运用大量典故。如《锦瑟》中就有庄生、望帝的典故。李商隐在用典时，时常会抛开典故原有的意思，甚至将其引向截然相反的一面。比如他在《嫦娥》一诗中写道：“嫦娥应悔偷灵药，碧海青天夜夜心。”嫦娥吃了不死药，变成神仙，原本是一件令人艳羡的事，李商隐却说她幽居月宫，寂寞难耐，应该会对当初偷吃不死药一事深感后悔。图29

晚唐后期，社会进入动乱阶段，人们过着朝不保夕的生活。诗人们普遍看淡功名，隐居避世，这在他们的诗歌中得到了展现。这段时期的代表诗人有陆龟蒙、皮日休等。陆龟蒙一直过着怡然自得的归隐生活，他现存的诗歌多是闲散之作。皮日休早年心存济世之心，后期选择了归隐，结识了陆龟蒙，两人时常在一起饮酒作诗，写下大量隐逸诗篇。

最终，随着唐王朝的衰亡，曾经繁盛的唐诗创作也走到了终点。

图29 ［清］费以耕、张熊《梅月嫦娥图》扇页

唐传奇里故事多

中国的小说在魏晋南北朝时期一度十分兴盛，但还不够成熟，直到唐传奇出现后，才进入成熟阶段。唐传奇，其实就是唐代流行的文言小说。“传奇”一词可能源于晚唐裴铏（xíng）的小说集《传奇》。后来，传奇逐渐被看成是一种小说体裁，成为对唐代文言小说的统称。

唐传奇的繁荣发展和唐代的社会环境息息相关。唐朝建立后，国家统一，社会安定，经济繁荣，统治阶层和百姓在物质生活得到满足后，开始追求精神上的享乐，于是在长安、洛阳、扬州等大城市中出现了“说话”艺术，也就是讲故事。“说话”在唐代民间和上层社会非常流行，文人聚会也常用“说话”作为消遣，而文人之间的“说话”往往更注重文学性，这是唐传奇繁荣兴盛的一大原因。另外，唐代佛教盛行，僧侣们为了宣扬佛法，也会利用“说话”这种文艺形式讲述佛经故事。佛教中有不少情节离奇、想象丰富的故事，对唐传奇的发展产生了一定影响，同时也赋予了唐传奇浓厚的宗教色彩。

魏晋南北朝的小说都叙述得很简略，缺乏文采，作者通常将其视作野史之类记录，缺乏自主创作的意识。唐传奇则不然，它是作者有意识地进行的文学创作，因而无论是在情节构思还是在语言表达上都十分用心，取得了较高的文学成就。

唐传奇大致经历了三个发展阶段：发轫阶段、兴盛阶段、退潮阶段。

发轫阶段是在初唐和盛唐时期。这一阶段的作品数量很少，文学成就也不高，带有明显的志怪志人小说的痕迹，代表作有张鷟（zhuó）的《游仙窟》、王度的《古镜记》等。不过，这些小说在故事框架安排和人物塑造上已经有了较大进步，相较于之前的小说作品显得更加生动形象。

兴盛阶段是在中唐时期。唐传奇中的代表作绝大多数都出现在这个时期。现存完整的中唐传奇约有 40 种，题材涉及爱情、政治、历史、豪侠、神仙等多个方面，其中文学成就最高的当数爱情题材，代表作有陈玄祐的《离魂记》、元稹的《莺莺传》、蒋防的《霍小玉传》等。

《离魂记》的问世，标志着唐传奇进入兴盛阶段。这部小说讲述了张倩娘及其表哥王宙离奇的爱情故事：张倩娘和王宙彼此倾心，倩娘却被父亲许配给他人，因而抑郁成疾。王宙伤心之下离开家乡，赶赴长安。走到半夜，倩娘忽然追上来，两人一起到外地同居生子。5 年后，倩娘思念父母，与王宙回乡探亲。这时，王宙才发现倩娘一直卧病在家，跟他私奔的只是倩娘的魂魄。最后，倩娘的身体和魂魄合二为一。作者运用浪漫主义手法塑造了倩娘这样一个勇敢追求婚姻自由的女性形象，在当时颇具进步意义。

元稹的《莺莺传》描述了崔莺莺与张生相恋，却被张生始乱终弃的故事。小说文笔优美，描写生动，将人物的性格和心理刻画得十分精彩，特别是成功塑造了崔莺莺这个经典女性形象。她勇敢地向封建礼教挑战，追求自由爱情，人格魅力非凡。在唐传奇中，《莺莺传》是一部具有里程碑意义的作品，在此之前的小说多多少少都带有志怪色彩，而《莺莺传》描写的却是现实世界中的婚恋爱情，在其影响下，之后的很多唐传奇都选用了这种现实题材。《莺莺传》后来被改编成《西厢记》，成了唐传奇中流传最广、影响最大的作品之一。图30

《霍小玉传》讲述了李益和妓女霍小玉的爱情悲剧：李益本和霍小玉两情相悦，后来却背信弃约，迎娶了别的女子。霍小玉相思成疾，千方百计想和李益见一面，却遭李益百般拒绝。有一名黄山豪士痛恨李益薄情，将他强行拉到霍小玉面前，霍小玉痛斥李益：

> 我为女子，薄命如斯！君是丈夫，负心若此！韶颜稚齿，饮恨而终。慈母在堂，不能供养。绮罗弦管，从此永休。征痛黄泉，皆君所致。李君李君，今当永诀！我死之后，必为厉鬼，使君妻妾，终日不安！

这段饱含血与泪的控诉，将整出爱情悲剧推向了高潮，极具艺术感染力。在中唐传奇中，《霍小玉传》堪称压卷之作，被誉为“唐人最精彩之传奇”。

中唐传奇在爱情题材之外，还有一些以历史故事为题材的作品，如《长恨歌传》《高力士外传》《安禄山事迹》等，另有一些借寓言、梦境讽刺时政的作品，如《南柯太守传》《枕中记》等。

晚唐时期，唐传奇的创作进入退潮阶段，虽然还有不少作品问世，但大部分的艺术成就已无法和中唐传奇相提并论。不过，这一阶段也出现了少量佳作，最出名的是杜光庭的《虬髯客传》，

图30 ［清］费丹旭《风月秋声》（局部，为《西厢记》插图）

讲述了隋朝宰相杨素的侍女红拂女与李靖私奔，之后两人结识虬髯客，与之结为至交的故事。作者通过对人物对话、行动、细节的描写，刻画了三个性格鲜明、敢爱敢恨的人物，三人被后人盛赞为“风尘三侠”。图31

唐传奇对后世的小说、戏剧等有较大影响。宋代、明代的很多小说都是传奇作品，清代蒲松龄的短篇小说集《聊斋志异》也继承、发展了唐传奇的创作特色。同时，唐传奇的故事也为后世文人的文学创作提供了丰富的素材，如元代王实甫的《西厢记》就取材于《莺莺传》，明代汤显祖的《紫钗记》就源自《霍小玉传》。

图31 ［清］沙馥《风尘三侠图》

『花间词人』与『千古词帝』

晚唐五代时期，因时局动荡，国力衰落，经济凋敝，各类文学艺术都日渐萎缩，唯有词的创作得到了发展良机。

花间词人

晚唐及五代十国中南方建立的几个割据政权，其统治者只求眼前安逸，终日沉溺于享乐，为词的繁荣发展提供了一个很好的契机，社会上涌现出大批优秀的词人，如温庭筠、韦庄、皇甫松等。他们的作品被收录到《花间集》中，他们也因此被统称为“花间词人”。

温庭筠在“花间词人”中名列首位，堪称“花间派鼻祖”。他也是中国古代文学史上第一个将大量精力倾注到作词中的人。《花间集》总共收录了他的66篇词作，其中的代表作有《菩萨蛮》14首、《望江南》2首、《更漏子》6首等。

韦庄是和温庭筠齐名的词人，有48首词收录于《花间集》中。韦庄的词柔媚、艳丽，是典型的花间词派风格。在抒情方面，他时常直抒胸臆，与温庭筠的含蓄迥然不同。但韦庄在直接抒情的同时，又总是婉转低回，“似直而纡”。在用词方面，韦庄清新自然，不像温庭筠喜欢雕琢。韦庄的代表词作有《菩萨蛮》《浣溪沙》《清平乐》等。

“千古词帝”李煜

在晚唐五代所有词人中，文学成就最高的当数南唐后主李煜，他被盛赞为“千古词帝”。南唐是五代十国时期的一个王朝，定都金陵（今南京），历经三代帝王，李煜是最后一代。南唐灭亡后，李煜被宋太祖赵匡胤俘获，之后被赐死。

李煜对政治一窍不通，是个地地道道的昏君，但他却有着极深的艺术造诣，文学、绘画、书法、音乐无一不通，特别是在词方面，成就极高。图32

李煜的词创作大致分为两个阶段：第一阶段是在亡国之前，词作题材以宫廷享乐生活为主；第二阶段是在亡国之后，多写亡国之痛，那些流芳百世的佳作全都写于这段时期，比如《乌夜啼》《浪淘沙》《虞美人》等。

《乌夜啼》是李煜自述囚居生活，抒写离愁的佳作；《浪淘沙》深刻表现了李煜的亡国之痛和身为囚徒的悲哀；《虞美人》更是李煜的绝笔词——他写完这首词，很快便被宋太祖毒杀。

春花秋月何时了？往事知多少。小楼昨夜又东风，故国不堪回首月明中。

雕栏玉砌应犹在，只是朱颜改。问君能有几多愁，恰似一江春水向东流。

《虞美人》以清新、优美、凝练的语言，运用设问、对比、比喻等多种修辞手法，通过今昔交错对比，将词人的亡国之痛淋漓尽致地展现出来，产生了极强的艺术感染力，堪称“血泪之歌”。

「词」的由来

词也是诗的一种，只不过词是可以用来唱的，所以词也被叫作“曲子词”。

词早在隋唐之际就已经产生，最初是为了配合燕乐而作。因为音乐是有节奏的，词就改变了整齐划一的形式，被拉长或缩短，所以词也叫“长短句”。

词与秦汉时期产生的乐府诗最大的不同是，古乐府大都先作诗，后配乐，而词则是先有曲调，再按调谱填词。所谓曲调，就是词牌名，人们熟悉的“菩萨蛮”“念奴娇”“渔歌子”等名称，都是词牌名。每个词牌名有自己特定的曲调和格式。词按段落的多寡，可分为单调（一段）、双调（两段）、三叠（三段）、四叠（四段）……每一段叫一阕或一片，其中两段最为常见。

随着词的不断兴盛，它不再是音乐的附庸，而成为一种独立的文学表现形式。

图32 ［五代］赵幹《江行初雪图》（局部，卷首“江行初雪，画院学生赵幹状”字样，有学者认为是李煜所书）

960—1279年

肆

宋词，雅俗交织、刚柔并济

宋代文学最大的成就是词，被称为『一代之文学』。在这一时期涌现出了大批优秀的词人，如婉约派的柳永、李清照，豪放派的苏轼、辛弃疾，等等。另外，宋代文人在诗歌和散文创作方面也取得了一定成就，出现了欧阳修等散文大家和陆游等杰出诗人。

文坛『霸主』欧阳修

北宋初期，诗坛一度盛行西昆体。西昆体大多在内容上毫无可取之处，只是一味追求辞藻华美、对仗工整，很少抒发真情实感，是为作诗而作诗。只有诗人林逋（bū）的诗比较清新。比如他写的《山园小梅》，其中就有传唱千古的名句：疏影横斜水清浅，暗香浮动月黄昏。

但林逋一人无法改变西昆体走向没落的命运。宋代的文人日益反对浮靡文风，倡导以写作“传道明心”，乃至掀起了一场声势浩大的诗文革新运动。

宋仁宗统治时期，诗文革新运动进入高潮，代表人物皆为北宋文坛大家，如欧阳修、范仲淹、苏轼、王安石、曾巩等，而欧阳修被视为其中的关键人物。

欧阳修，字永叔，号醉翁，吉州吉水（今属江西）人。欧阳修在北宋政坛享有很高声望，在文学领域也取得了极高的成就。当时的一些著名文人，如梅尧臣、苏舜钦等都是他的好友，王安石、苏洵受过他的引荐，苏轼、苏辙和曾巩更是他一手提携起来的。因此，由他担当诗文革新运动的领军人物，实在再合适不过了。图33

在文风革新方面，欧阳修以韩愈为典范，但并不完全迷信韩愈。韩愈曾提出“文以载道”，认为文章是为说明道理而存

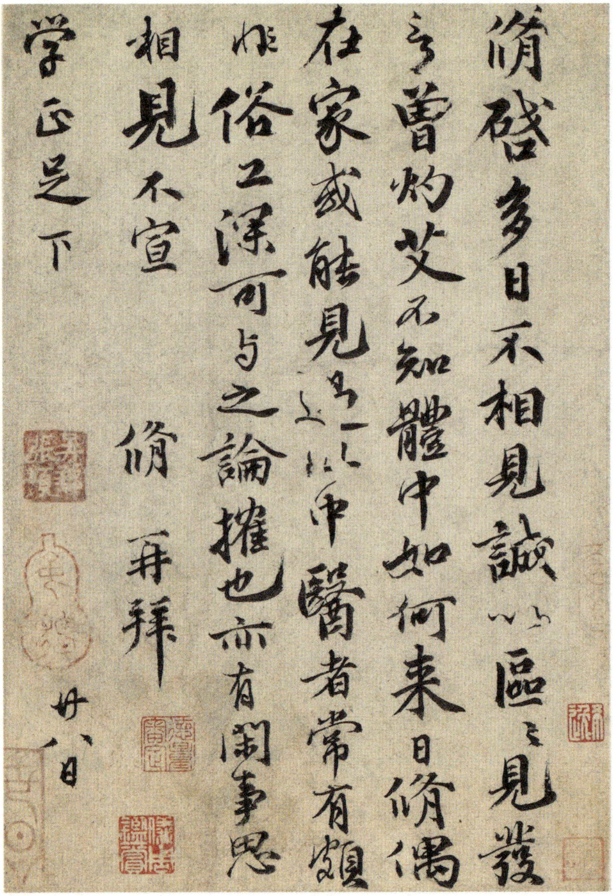

图33 ［北宋］欧阳修《灼艾帖》（行楷书）

在的，其中道理才是最主要的。欧阳修对此非常赞同，并在其基础上进一步阐释了文和道的关系。欧阳修强调，文只是表现方式，道才是真正的内涵，文取决于道。他同时指出，文具有独立性，要做到文道并重。这一观点将文学的艺术形式和思想内容摆到了同样重要的位置，使文学的地位获得了极大的提升。

欧阳修是散文大家，他的散文内容充实，叙事言之有物，议论慷慨激昂，抒情淋漓尽致，而且形式也多种多样，古文、辞赋、四六都是他擅长的文体。另外，他不求对偶工整，成语故事的使用频率也较低，从而使得四六这种古老的文体重新焕发出生机。

在诗风变革上，欧阳修主张诗歌创作要重视现实生活，主张在诗歌中运用散文创作手法，并加入议论。他的诗歌往往能将叙事、抒情、议论融合在一起，既引人深思，又富有趣味。

欧阳修的成功法宝

欧阳修之所以能成为中国古代文学史上赫赫有名的大家，与其素养密切相关。一是在于他能严格要求自己。据说欧阳修每写完一篇文章，必会把它贴在墙上，以便一边朗读，一边修改。结果通篇下来，可能改得一个字也不剩，也可能二三百字的叙述最后凝练到只用几个字就表达清楚了。所以读欧阳修的文章，往往给人“增一字太多，少一字太少”之感。

二是欧阳修做学问极其勤奋，抓住一切时间学习。他的法宝就是“三上”。所谓“三上”，就是“马上”“厕上”和“枕上”。

三是活到老学到老。传说欧阳修退休以后，每天晚上都会点灯苦读。他的妻子打趣道：“你还怕老师骂你吗？”欧阳修却说：“我是怕将来的年轻人骂我呀！”

『奉旨填词』柳三变

说到宋词革新的大功臣，柳永是一个绕不过去的人物。

柳永，原名三变，字耆卿，崇安（今福建武夷山市）人。柳永出生于官宦人家，年轻的时候是有名的风流才子，喜欢与歌伎交往，为她们填词，教她们唱歌。

柳永外表放荡不羁，但内心对功名是非常看重的。由于连续几年屡试不中，他就写了一首词《鹤冲天》发牢骚。据说这首词传到了宋仁宗那里，让宋仁宗很不高兴。正巧当时有人推荐柳永做官，宋仁宗就说："既然柳永'忍把浮名，换了浅斟低唱'，那就让他填词去吧，做什么官呢！"这话传到柳永耳朵里，柳永就戏称自己是"奉旨填词柳三变"了。

即使如此，柳永也还是一如既往地参加科考，48岁时终于考中了进士，当了几任小官。虽然官场上不如意，但在词人的行当里，柳永过得却是风生水起，开了宋词婉约派的先河。

柳永对诗文改革的贡献主要有三点：

第一，他创作了大量慢词，改变了晚唐五代以来小令在词坛上独占鳌头的局面，使得慢词与小令两种体式平分秋色。柳永现存于世的词有200余首，其中慢词占了一半左右。柳永之前的词人都喜欢写小令，小令作为词的一种体式，节奏明快，用词精练，字数很少，少的只有二三十字，多的也不过五六十字。慢词的字数比小令多，从八九十字到一两百字，篇幅增加了，词的内容也随之增加，更适宜表达婉转曲折、复杂多变的情感。

第二，柳永对词的语言做了大胆革新，在其中加入了大量口语和俚语，如“怎”“恁”“我”“你”“抵死”“消得”等，使词更加活泼生动，读来更觉亲切，也更容易理解。

第三，在词的表现手法上，柳永创新性地采用了铺叙与白描，比如他的代表作《雨霖铃》，用铺叙的手法将送别的氛围、场景、过程，人物的动作、神态、心理，逐一描绘了出来。整首词情景交融，结构布局宛如行云流水，时间与感情层次交叠，循序渐进，一步步将读者引入词人的情感世界深处。

柳永对词的革新，对后世影响深远。苏轼、黄庭坚、周邦彦等人的很多词作，都是从柳词中脱胎而来的。其中，苏轼还继承了柳词的革新精神，创立了新的词风。

北宋诗文革新运动将北宋散文和诗歌的创作推向巅峰，对后世产生了深远的影响，不仅直接作用于南宋诗文创作，还影响到元、明、清各朝的文学发展，比如清代的桐城派。

『文人范式』苏轼

北宋时期，文学繁荣发展，大家不断涌现，苏轼堪称其中最优秀的一位，他的词、散文、诗歌都代表了北宋文学的最高成就。

苏轼，字子瞻，号东坡居士，世称苏东坡，眉州眉山（今属四川）人。他才华横溢，既是散文家、词人、诗人，又是书画家、美食家。苏轼与父亲苏洵、弟弟苏辙都是当时有名的文人，被合称为“三苏”。图34

苏轼从小就受到了良好的家庭教育，学识修养颇高。21岁那年，他离开家乡，到京城参加科举考试，考中了进士。担任主考官的欧阳修对他非常欣赏，将他收为门生。苏轼进入官场后不久，王安石开始变法。苏轼和老师欧阳修都是保守派，与王安石等改革派存在巨大分歧。眼见保守派接连遭到贬黜，苏轼主动请求调到外地，很快被调到杭州做通判。之后，苏轼又先后到密州、徐州、湖州等地为官。苏轼在湖州为官期间，发生了“乌台诗案”。

当时，改革派的李定等人对苏轼的诗断章取义，诬蔑他讽刺宋神宗。苏轼被抓入狱中，险些被处死。幸而宋太祖曾规定不杀士大夫，又有很多大臣帮他求情，苏轼才逃过一劫，被贬到黄州担任团练副使。到了晚年，苏轼更是接连遭到贬黜，甚至

图34 ［明］杜堇《题竹图》（所绘内容为苏轼题竹的故事）

被贬到偏僻无比的海南。可正是这种坎坷的遭遇，成就了文学大家苏轼。被贬到黄州的那几年，是苏轼文学创作的高峰期，他的词《念奴娇·赤壁怀古》、散文《赤壁赋》和《后赤壁赋》、诗歌《寒食雨二首》都写于那段时期。

继柳永之后，苏轼又对宋词进行了全面改革，第一步就是破除了“诗尊词卑”的传统观念。在苏轼看来，诗和词具有相同的本源和表现功能，只是表现形式有所差异。他致力于扩大词的表现功能，开拓词境。此前，词多表现女性化的柔情，苏轼将其拓展为表现男性化的豪情；此前，词多表现男女爱情，苏轼将其拓展为表现个人性情。这样的拓展使得词也可以像诗一样，全面展现作者的个性。宋词有两大流派——婉约派和豪放派，苏轼对词的改革，引领了豪放派。

为了使词真正拥有诗的功能和地位，苏轼特意将诗的表现手法运用到词中，最典型的手法有两种：一是加入题序，二是加入典故。

在苏轼之前，张先已开始在词中加入题序，但并没有普及。而苏轼在写词时，也像写诗一般大量采用标题加小序的形式，将题序和词变成了统一的整体。另外，不同于张先的题序，苏轼的题序拥有更多的功能，有的是为说明词的创作缘由，有的则是用来补充正文。

苏轼是第一个在词中大量使用典故的词人，这样既能做到用尽可能短的文字叙事，又能做到用曲折婉转的方式抒情，被后世很多词人沿用。

在散文创作方面，苏轼倡导多样化文风，他的散文因此呈现出丰富多彩的面貌。苏轼长于写议论文，史论、政论、杂说、书札、序跋等都写得十分出色，代表作有《日喻》《平王论》《留侯论》等。苏轼的叙事文也多夹杂议论，夹叙夹议，同时兼顾抒情。这方面的代表作有《石钟山记》，这是一篇叙事记游散文。同类型散文通常是先记游再议论，这篇散文却先议论，再由议论引出记游，最终又以议论结尾，叙事与议论环环相扣，浑然一体，成为因事说理题材的千古名篇。此外，苏轼在辞赋创作方面也成就颇高，《赤壁赋》《后赤壁赋》都是他的辞赋名篇。前者以说理为主，展现了苏轼豁达的宇宙观和人生观；后者以叙事写景为主，颇具诗情画意。总体而言，后者在思想和艺术上都要逊色于前者。图35

苏轼的诗作成就同样不俗，现存2700多首，其中很多以社会现实和对人生的思考为主题。他一生坎坷，足迹遍及大江南北，阅历丰富，因此善于从平常事物中总结客观规律。这在他的诗歌中亦有所体现，比如《题西林壁》：

横看成岭侧成峰，远近高低各不同。
不识庐山真面目，只缘身在此山中。

借助鲜明生动的意象，将自然现象提升到哲理高度，这便是理趣诗。他的《和子由渑池怀旧》《饮湖上初晴后雨》等也是同类型的佳作。

苏轼文学成就非凡，对当时和后世的文人都产生了极大的影响。北宋有名的文人黄庭坚、张耒（lěi）、秦观、晁（cháo）补之等都是他的学生，直接受其影响。而后世文人也纷纷借鉴他的作品，南宋辛派词人、明代公安派、清代袁枚及陈维崧等都受他的作品影响颇深。

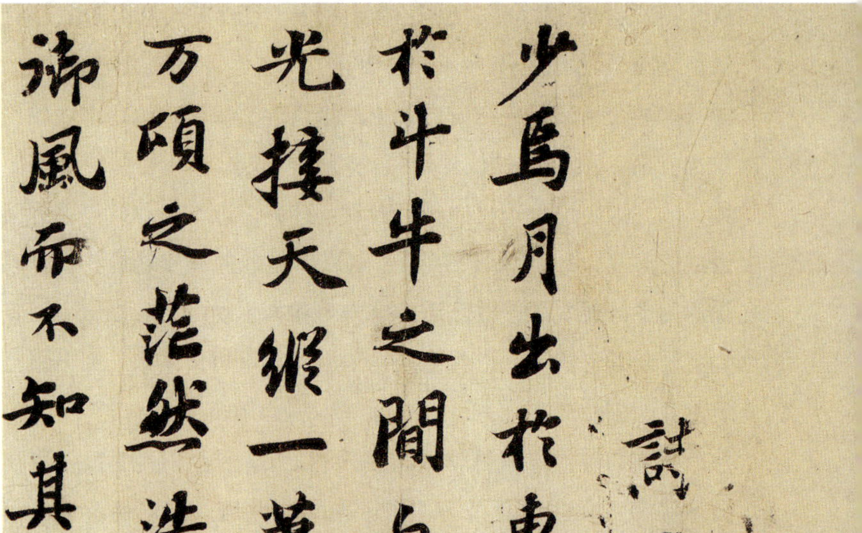
舉酒屬客
詩歌窈窕之章
少焉月出於東山之上裴回
於斗牛之間白露橫江水
光接天縱一葦之所如陵
万頃之茫然浩、乎如憑虛
御風而不知其所止飄、乎

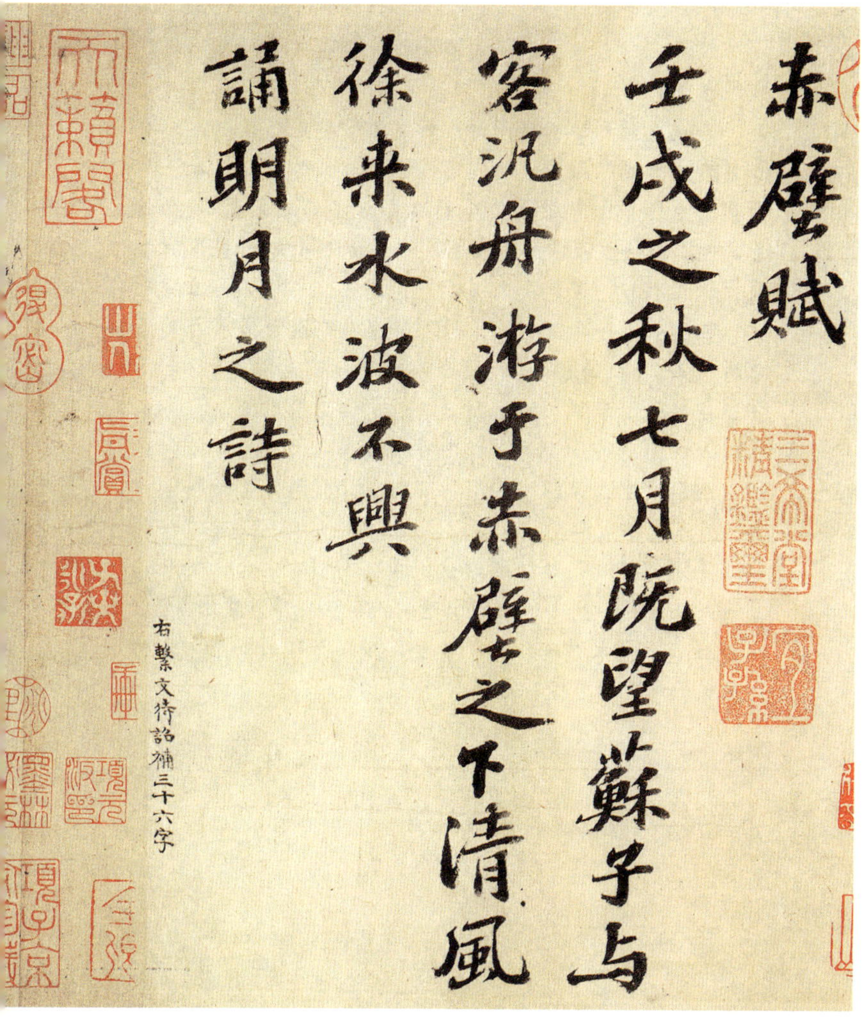

图35 ［北宋］苏轼《赤壁赋》（局部，行楷书）

发明家苏轼

现代人对自来水早已司空见惯，早在宋代，中国就有了自来水系统，它的设计者就是苏轼。

苏轼被贬到岭南惠州时，好友王敏仲正巧是广州太守。苏轼听说广州城里的人喝的水又咸又苦，到了春夏两季，水源不干净导致传染病高发，许多人深受其害。于是他写信给王敏仲，建议王敏仲将离广州城20里远的蒲涧山滴水岩的泉水引入城中。他还在信中写了具体的实施方案：第一步，在滴水岩下开凿一个用于盛水的大石槽；第二步，砍一些粗竹子，打通竹节后首尾相连，并在连接处用麻绳、漆密封好，以此作为输水管道，将水引入城中；第三步，在城内也设置一个大水槽，储存引入的山泉水；第四步，用竹管将水分引到设置于城市各个角落的小水槽。

王敏仲接受了苏轼的建议，在广州城建立起自来水系统。从此，广州人喝上了干净的山泉水。最重要的是，这个自来水供水系统只花了数百贯钱，而广州也因此成为中国历史上最早拥有自来水设施的城市。

「宋诗代言人」黄庭坚

“江西诗派”是宋诗发展进程中的重要环节，上承苏轼，下启陆游等“中兴四大诗人”，其诗歌创作从北宋后期一直延续到南宋初期，堪称两宋之交诗坛最重要的现象。

“江西诗派”最杰出的代表人物是黄庭坚，他与陈师道、陈与义一起被称为“江西诗派”之“宗”。由于“江西诗派”大多数成员都效仿杜甫，杜甫便被推崇为诗派之“祖”。这样一来，“江西诗派”便有了“一祖三宗”。

黄庭坚，字鲁直，自号山谷道人，洪州分宁（今江西修水）人。他在诗歌方面成就颇高，与苏轼并称“苏黄”。在当时的诗坛，苏轼的成就无疑是最大的，但苏轼恣意挥洒的诗歌创作方式，旁人很难效仿，而他敢怒敢言的做派，在“文字狱”盛行的北宋后期也令很多人望而却步。相较于苏轼，黄庭坚更适于做年轻诗人的典范。图36

黄庭坚要求年轻诗人先多阅读前人的诗歌，借鉴前人的经验，学习谋篇布局、炼字造句等技巧，等熟练掌握之后，再竭尽所能冲破技巧束缚，争取超越前人，形成自己的风格。这种通俗易懂、循序渐进的指导，在当时的诗坛很受欢迎。比较有才华的诗人可以据此追求个人诗风，而资质比较平庸的诗人也能通过个人努力有所成就。

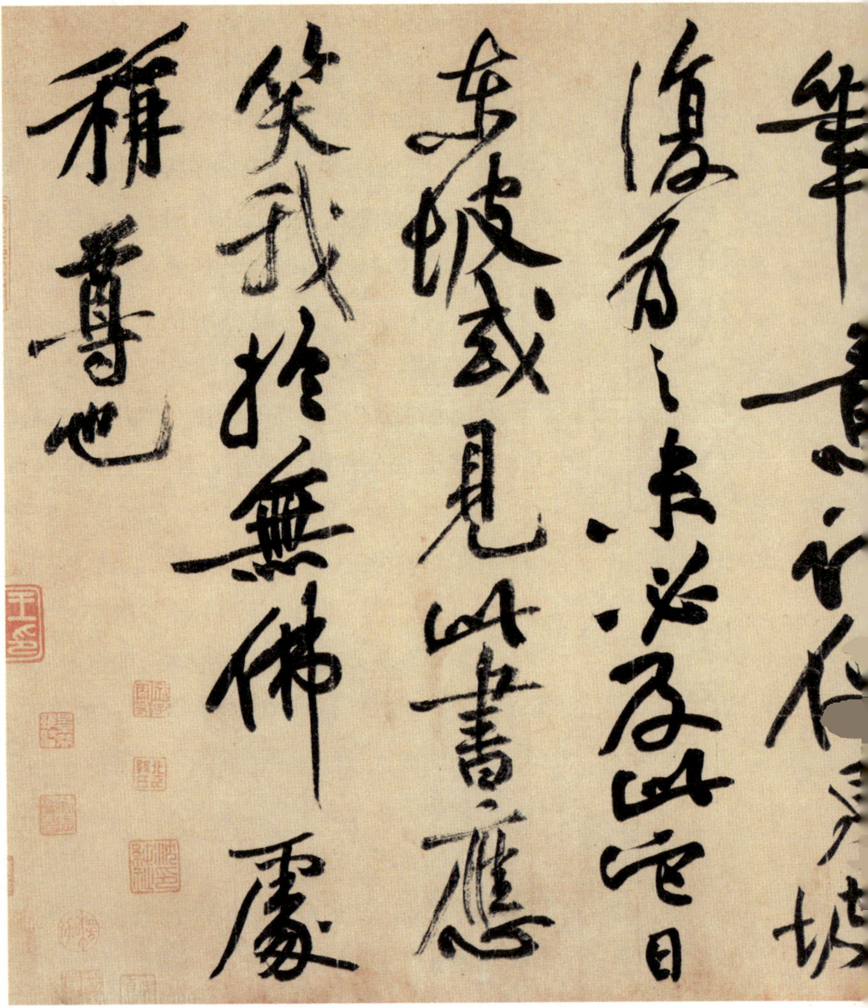

黄庭坚的诗歌现存 1900 多首，题材以思亲怀友、感时抒怀、描摹山水、题咏书画为主，充满了浓厚的文人气息。黄庭坚的诗从不平铺直叙，无论篇幅长短，都写得曲折跌宕，常用读者意想不到的转折来增强诗歌的艺术魅力。由于黄庭坚的诗歌生新瘦硬、奇峭倔强，且好用拗句（格律诗中不合常规平仄格律的句子），所以世人将他开创的这种诗体称为“山谷体”。

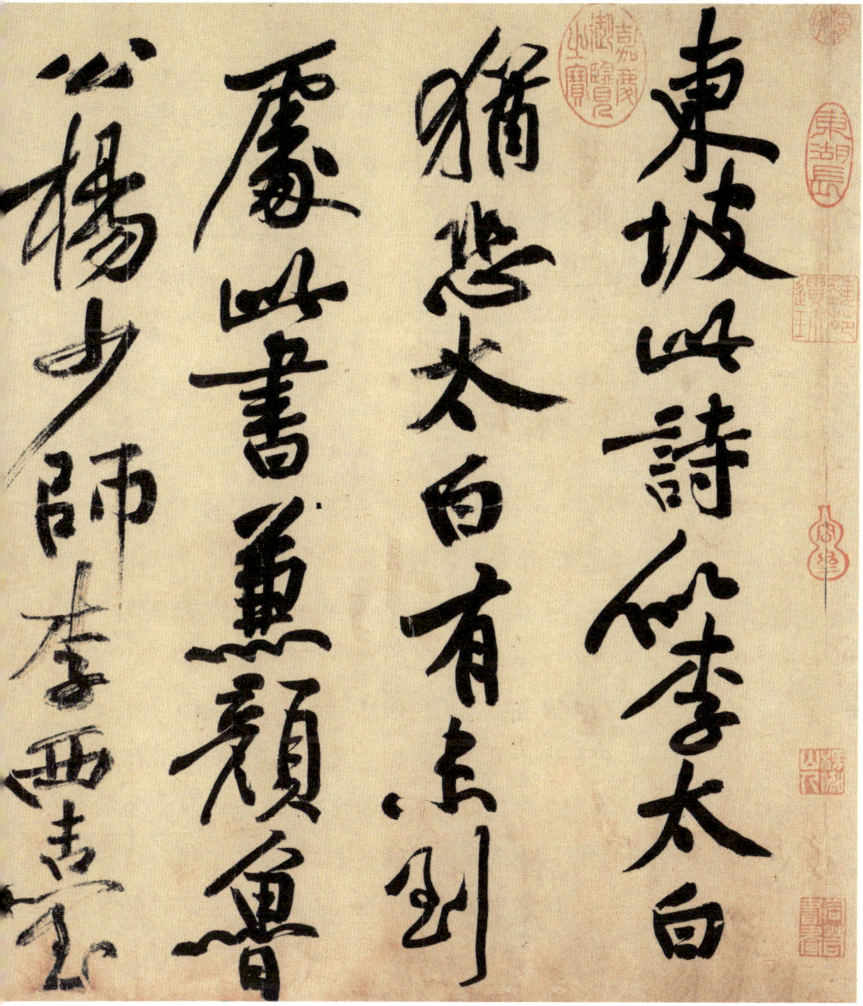

图36 ［北宋］黄庭坚《黄州寒食诗卷跋》（行书）

“山谷体”是最能代表宋诗艺术特色的诗体，和唐诗相比，它的创新程度更高，但因奇险、生硬的诗风招致了很多非议。黄庭坚晚年的诗歌作品逐渐走向平淡质朴，“山谷体”的缺陷逐渐消失，展现了他在诗歌方面的更高境界。

南宋四大家

继“江西诗派”之后，宋代又出现了“中兴四大诗人”，又称“南宋四大家”，他们分别是陆游、杨万里、范成大和尤袤。

亘古男儿一放翁

“中兴四大诗人”中最出名的当数陆游。陆游，字务观，号放翁，越州山阴（今浙江绍兴）人。陆游从小受到了良好的家庭教育，少年时便成了当时小有名气的诗人，可惜生逢乱世，一生颠沛流离。陆游见山河破碎，民不聊生，再加上父辈爱国思想的教育熏陶，很早便有了忧国忧民的思想，这也为其之后的诗歌创作确立了爱国基调。图37

陆游的诗歌现存9000多首，强烈的爱国主义精神贯穿其各个阶段的诗歌创作。虽然在中国诗坛上爱国题材的诗歌早就出现了，但陆游将其发展到前所未有的高度，以至梁启超盛赞他说：“诗界千年靡靡风，兵魂销尽国魂空。集中什九从军乐，亘古男儿一放翁！”

除了爱国诗歌，陆游还有大量诗作以日常生活为题材，图38 这类诗歌往往风格清新淳朴，语言优美动人。比如《临安春

图37 马振声《爱国诗人陆游》

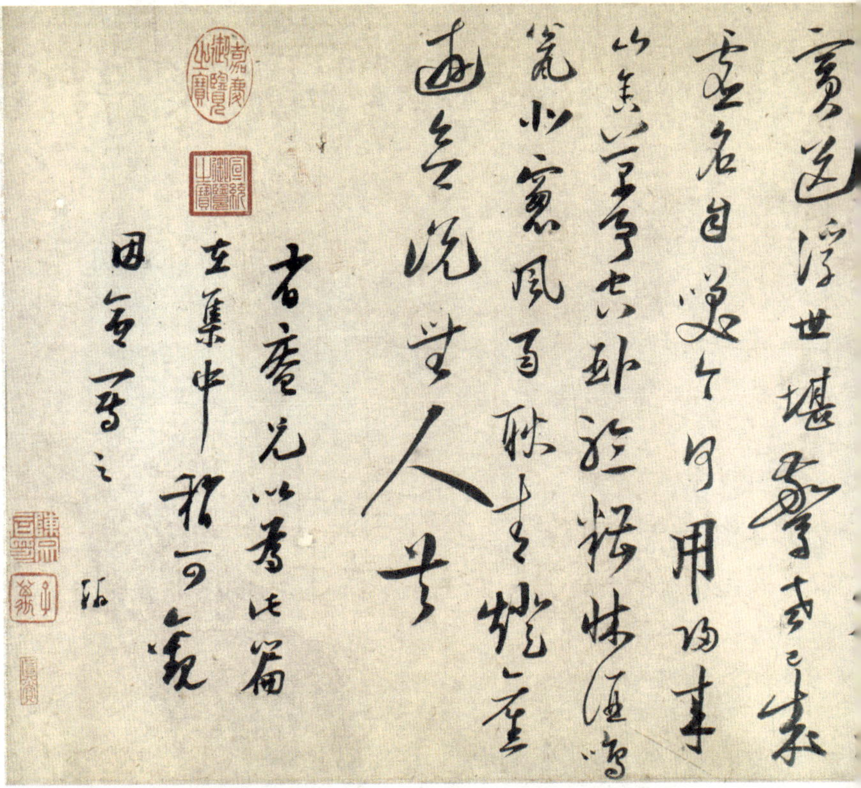

雨初霁》一诗，描绘了江南春雨和闲居书斋的悠闲生活，充满情趣，其中“小楼一夜听春雨，深巷明朝卖杏花”已成了广为人知的名句。

“诚斋先生”杨万里

杨万里也是南宋一位很有影响力的诗人，宋光宗曾为其亲

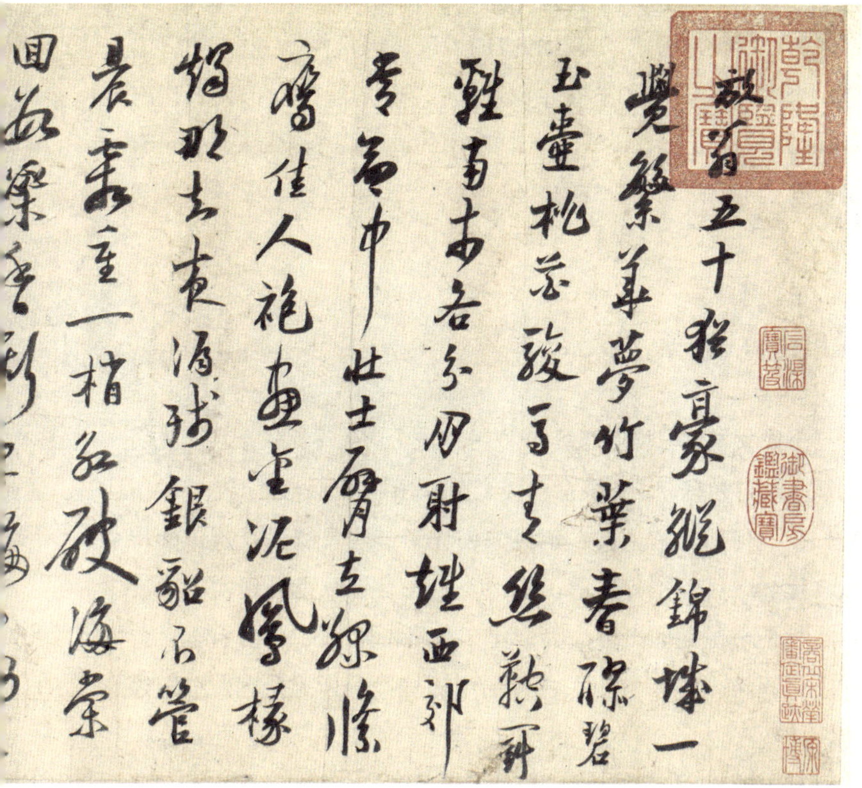

图38 ［南宋］陆游《怀成都十韵诗》（此诗描写的是陆游50岁左右在成都做官的生活情况，意象丰富，修辞多样，读起来清新动人）

书“诚斋”二字，学者称其为“诚斋先生”。他官至宝谟阁直学士，封庐陵郡开国侯，卒赠光禄大夫，谥号“文节”。杨万里一生作诗 20 000 多首，但只有 4000 多首流传下来，被誉为“一代诗宗”。

杨万里的诗歌风格经历过多次变化，他早年模仿“江西诗派”，在意识到该诗派在表达上具有艰深晦涩的弊病后，跳出窠白，另辟蹊径，形成了自己独有的诗风：自然活泼，语言口语化，构思新巧，趣味横生，人称“杨诚斋体”。代表作有《小池》《晓行望云山》等。《小池》中的“小荷才露尖尖角，早有蜻蜓立上头”是家喻户晓的名句。

“田园诗人”范成大

范成大早年家境贫寒，29 岁考中进士，仕途比较顺利，先后到很多地方为官，还曾奉命出使金国，晚年因病辞官隐居。

在担任地方官期间，范成大创作了一些反映民众疾苦的诗歌，比如《后催租行》等，但不及白居易诗歌批判现实的力度强。出使金国期间，范成大创作了《蔺相如墓》等 72 首七言绝句，记录了自己在被金人占领的中原地区的所见所闻，描写逼真，感慨深刻，在同时期的爱国诗中十分突出。

辞官隐居期间，范成大创作了 60 首七言绝句，起名为《四时田园杂兴》，描绘了四季田园生活，将此前被田园诗人忽视的农事描写得细致入微，从而拓展了传统田园诗的题材。

尤袤

尤袤也是南宋著名的诗人，他的诗歌多半已失传，只残存了 40 多首，《青山寺》是其中的代表作。尤袤的诗歌风格清新自然，既没有华丽的辞藻，也没有生僻的典故，与范成大比较相似。因其诗歌数目少，风格不突出，所以少有人关注。

千古第一才女

1127 年，金兵攻破北宋都城汴梁（今河南开封），俘虏了宋徽宗、宋钦宗，以及妃嫔、贵族、朝臣等 3000 多人，史称“靖康之变”。不久，北宋灭亡，康王赵构在应天府（今河南商丘）登基，建立南宋，后迁都临安（今浙江杭州）。北宋灭亡后，很多原本居住在北方的词人被迫南渡。此前，他们的生活都比较安逸，词作多为吟风弄月之作；南渡之后，国破家亡，颠沛流离，他们的词风也发生了明显的转变，多反映家国之恨和身世之憾，越来越贴近社会现实。这批词人被称为“南渡词人”。

李清照是南渡词人中文学成就最高的一位，被誉为“千古第一才女”。李清照，号易安居士，山东章丘人。她出身书香门第，早年生活优裕，18 岁时与宰相之子赵明诚结婚，婚后感情和美，生活顺遂。在此期间，她创作了多首优秀的词作，多以爱情、闲适生活、自然景色为题材，代表作有《如梦令》《一剪梅》《醉花阴》等。图39

李清照中年时遭逢“靖康之变”，南渡后又经历了丧夫之痛，国破家亡，她的词作从此充满了沉重与悲伤。这段时期，她的代表作有《声声慢》《武陵春》等。以《武陵春》为例：

图39 ［清］崔错（huì）《李清照像》

风住尘香花已尽，日晚倦梳头。物是人非事事休，欲语泪先流。

闻说双溪春尚好，也拟泛轻舟。只恐双溪舴艋（zéměng）舟，载不动许多愁。

这首词写的虽是闺怨，却远非一般的闺怨词所能比拟，与李清照前期的闺怨词也有极大出入。上片极言暮春景色的衰败与物是人非的愁苦，下片更进一步表现内心愁苦之深重，只怕连舴艋舟都载不动。这种夸张的比喻十分新奇，又十分自然，不见丝毫斧凿痕迹，浑然天成。整首词新颖奇巧，深沉哀婉，自然妥帖，颇有特色，后世有人评价说“全词婉转哀啼，令人读来如见其人，如闻其声。本非悼亡，而实悼亡，妇人悼亡，此当为千古绝唱”，的确实至名归。

《词论》

李清照不仅词写得好，还写了一篇讲词的短文《词论》。在这篇文章里，她认为词与诗是不同的文学体裁，提出了词为“别是一家”之说，并强调词应该配合词牌所对应的曲调。她还在《词论》中回顾了词的发展史，对历代词人做了一番品评。比如，她认为柳永的词虽合音律，但用词太俗，格调不高。对于晏殊、欧阳修、苏轼等文学大家，她以为，作词对他们来说，本应该像拿着瓢从大海里取水那般容易，可他们的词作却不合音律，只能算是长短不一的诗罢了。而王安石、曾巩虽然文章写得好，有西汉时的风格，但他们的词却让人读不下去……

李清照关于词“别是一家”的理论，对后世的影响极大，直至明清，李渔等人依然认为词应该“上不似诗，下不类曲”。

虽然李清照对词人的品评只是一家之言，但在我国两千多年的文学史上，她是第一位依据创作经验写出创作理论的女性。

词中大丈夫

南宋时期出现了很多爱国名臣，他们在保家卫国的同时，也创作了一些爱国诗词，颇具文学价值。

“词中之龙”辛弃疾

南宋年间，词坛上出现了一个新的流派——辛派，辛弃疾是其创立者，也是其中最杰出的代表。

辛弃疾，字幼安，号稼轩，历城（今山东济南）人。辛弃疾出生时，北方已被金人占领。少年时代，辛弃疾目睹了汉人在金人统治下所受的屈辱，加上长辈的爱国教育，他很早便立下了恢复中原的壮志。21岁那年，辛弃疾参加了抗金义军，不久南下，进入南宋朝廷。他坚决主张抗击金人，收复失地。但遗憾的是，辛弃疾一生仕途坎坷，报国无门，最后含恨而终，享年68岁。图40

辛弃疾与宋代其他词人有明显的区别，他不仅有文人的气质，更有英雄的豪情。北宋词人苏轼也颇有豪情，曾在《念奴娇·赤壁怀古》中表达了自己对三国英雄周瑜的敬仰，但是他的感叹依然带有典型的文人特色：“多情应笑我，早生华发。”

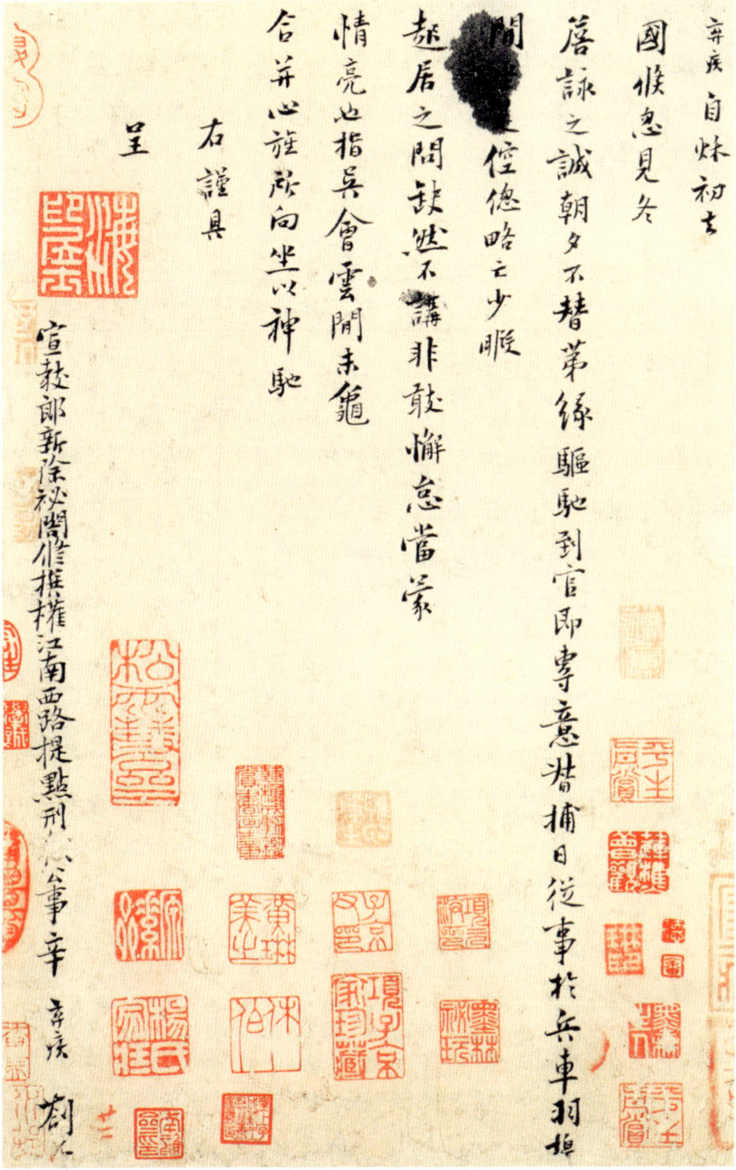

图40 ［南宋］辛弃疾《去国帖》（行楷书，为辛弃疾唯一传世真迹）

同样是凭吊赤壁，辛弃疾却在《霜天晓角·赤壁》一词中发出了“半夜一声长啸，悲天地，为予窄”的悲叹，英雄本色尽显。这种英雄豪情使得辛弃疾的词作大多壮怀激烈，其中的名句“金戈铁马，气吞万里如虎”，可谓充分体现了词人无与伦比的壮志胸怀。

在艺术表现手法上，辛弃疾主张“以文为词”，将古文辞赋的结构章法与议论、对话等手法运用到词中，比苏轼的“以诗为词”更进一步。

总体而言，“稼轩词”内容博大精深，表现方式多样，语言不落俗套，词风刚柔并济，写豪情却用婉转的笔触，写柔情又带着英雄豪迈，并且亦庄亦谐，幽默不失庄重，严肃不失诙谐，嬉笑怒骂，冷嘲热讽，道尽社会丑陋、人生苦闷。

“怒发冲冠”的岳飞

南宋初年，爱国词人创作的词作中，最脍炙人口的要数岳飞的《满江红》：

怒发冲冠，凭栏处、潇潇雨歇。抬望眼、仰天长啸，壮怀激烈。三十功名尘与土，八千里路云和月。莫等闲、白了少年头，空悲切。

靖康耻，犹未雪；臣子恨，何时灭？驾长车，踏破贺兰山缺。壮志饥餐胡虏肉，笑谈渴饮匈奴血。待从头、收拾旧山河，朝天阙。

当时，岳飞率军北上，陆续收复了洛阳周边一些失地，先锋部队已逼近北宋都城汴梁，大有一举收复中原、直捣金国老巢之势。可惜宋高宗一心想与金国议和，逼迫岳飞立即班师回朝。岳飞不得不率军回去，但他明白一旦错失这个良机，便再难收复失地，洗雪“靖康之耻”。百感交集中，他写下了这首气吞山河的《满江红》，整首词旋律高亢雄壮，语言铿锵有力，表达了词人对抗击金兵、收复国土的强烈渴望和必胜信念，是两宋词坛上不可多得的爱国词佳作，千百年来一直广为传诵。图41

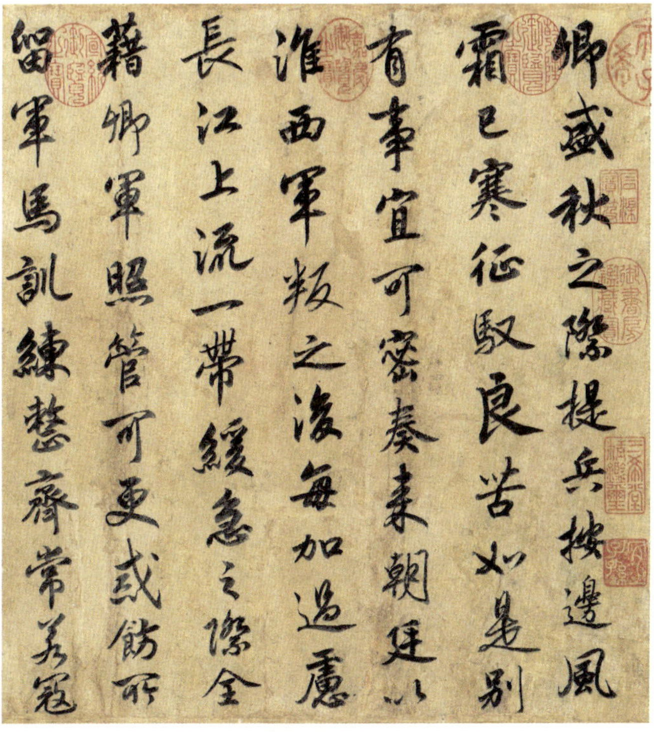

图41 ［南宋］赵构《赐岳飞手敕》（局部）

留取丹心照汗青

在南宋爱国名臣的诗歌作品中，知名度最高的应是文天祥的《过零丁洋》：

辛苦遭逢起一经，干戈寥落四周星。
山河破碎风飘絮，身世浮沉雨打萍。
惶恐滩头说惶恐，零丁洋里叹零丁。
人生自古谁无死？留取丹心照汗青。

文天祥是南宋末年的名臣，他在被元军俘虏后写下了这首诗。在诗中，他陈述了自己的身世命运，表达了自己强烈的爱国

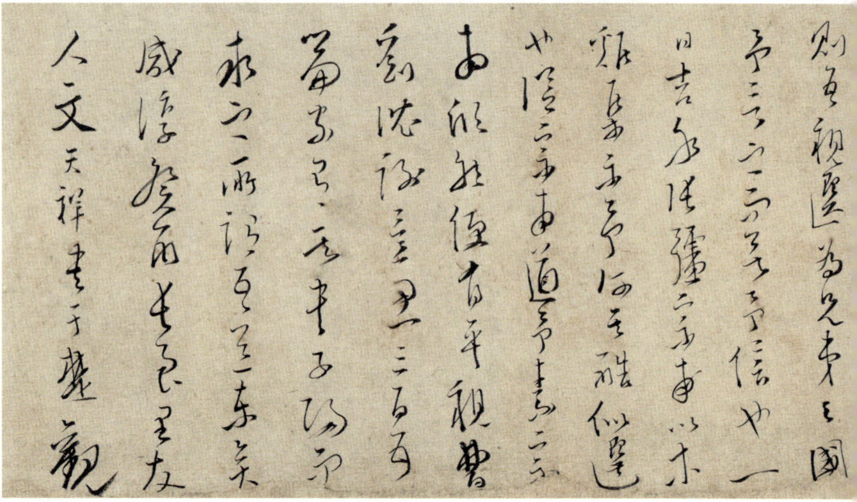

热忱和视死如归的崇高气节，读来令人心生震撼。特别是最后两句，已成了千百年来激励无数仁人志士舍生取义的名言。

文天祥的另一首爱国诗《正气歌》也十分有名。这首诗同样创作于他被俘期间，整首诗慷慨激昂，表现了诗人坚贞不屈的爱国情操。最末几句“哲人日已远，典刑在夙昔。风檐展书读，古道照颜色”知名度很高，意思是：贤哲虽然早已离世，但有他们做榜样，我的心意更加坚定。在临风的廊檐下阅读史册，古代的传统美德在我面前闪耀。

文天祥于 1278 年在广东被俘，后被押送到大都（今北京），被俘 4 年期间，他始终如诗歌中所言，对南宋忠心不二。元世祖忽必烈对他百般劝降，都没有半点效果，最终将他处死。图42

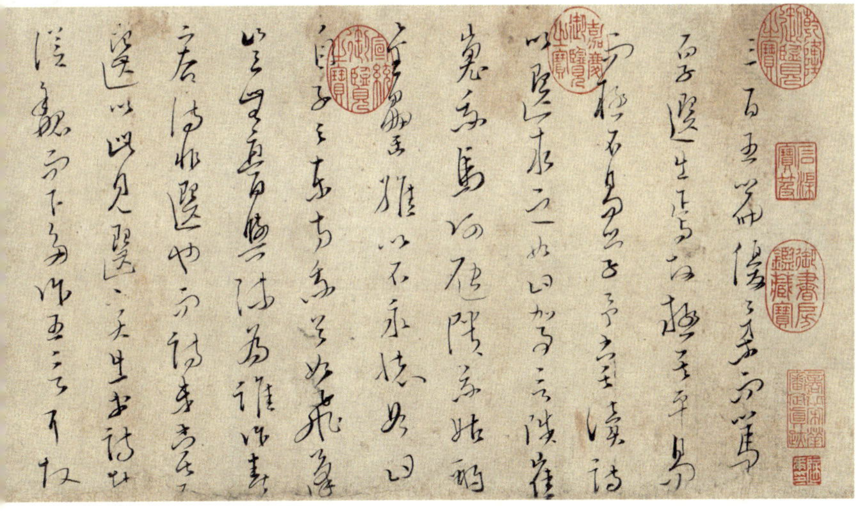

图42 ［南宋］文天祥《木鸡集序》卷（草书）

1206—1368年

伍

元曲，来自民间的音乐文学

元曲，是元代发展最为突出的文学体式，包含散曲和杂剧两大类。元曲和宋词一样，最初起于民间，后经乐师、文人之手，逐渐形成严密的格律定式。但与宋词相比，元曲的灵活度更高。在这一时期，出现了关汉卿等优秀的杂剧、散曲作家。另外，南方地区还出现了南戏这种戏剧文学形式。

关汉卿：响当当一粒铜豌豆

元杂剧是元代文学的最佳代表，这种戏剧样式最早出现于南宋末年，在元成宗统治的大德年间繁盛起来，杂剧作家灿若繁星，而关汉卿是其中最具代表性的作家。

关汉卿，号已斋叟，大都人。他一生醉心于杂剧创作，取得了相当高的成就，流传至今的杂剧作品有《窦娥冤》《救风尘》《单刀会》《望江亭》等10多种。

《窦娥冤》是关汉卿最具知名度的代表作。《窦娥冤》的故事和汉代以来民间流传的"东海孝妇"很相像，但是剧中反映的时代生活和人物遭遇却与元代当时的社会现实十分贴近。关汉卿创作《窦娥冤》时，社会上贪官横行，冤狱不断，窦娥这样的悲剧时有发生，《窦娥冤》因此具备了典型的社会意义，窦娥也成了关汉卿塑造的最具代表性、最震撼人心的女性形象。图43

窦娥本是个善良、温顺的女子，在经历了幼年丧母、被父亲遗弃、年轻守寡的不幸后，依然能坚强生活，孝顺婆婆，为丈夫守节，恪守那个年代的孝道和妇道。同时，窦娥又是极具反抗精神的勇敢女性，面对张驴儿的威逼，她毫不示弱，为维护自己的名节与尊严，与张驴儿对抗到底。

图43 《窦娥冤》剧照

在刑场上，她对天与地发出了最直接、最强烈的指责与痛斥：“地也，你不分好歹何为地？天也，你错勘贤愚枉做天！”窦娥在此控诉天地，将二者视为导致自己含冤受屈的罪魁，是对整个封建制度的否定与反抗，堪称惊世骇俗。

关汉卿一生创作了多部悲剧，除《窦娥冤》外，还有《哭存孝》《蝴蝶梦》等，都以揭露人间罪恶为主题，具有深刻的社会意义。此外，关汉卿还创作了一些喜剧作品，描写饱受压迫的百姓奋起反抗、以弱胜强的故事，代表作有《救风尘》等。

关汉卿的语言艺术非常纯熟，将大量俚语、谚语、成语、口头禅等都加入戏剧语言中，形成了一个丰富、自然、生动的语言世界。

关汉卿和马致远、王实甫、白朴并称为“元杂剧四大家”，关汉卿名列四大家之首，是元杂剧的奠基人。他的剧作为之后元杂剧的繁荣发展打下了坚实的基础，特别是他严肃的创作态度和批判现实的精神，对此后的杂剧创作影响深远。

关汉卿不仅杂剧写得出色，散曲也写得极好，被称为“曲圣”。在其现存的散曲作品中，有小令40多首、套数10多篇，主要描写男女爱情、个人抱负和都市繁华。

男女爱情是关汉卿散曲创作最重要的题材，刻画女子的心理更是他的特长。关汉卿这类题材的作品还有一点十分可贵，就是常写平常百姓的爱情，内容朴实、真挚，迥异于其他文人的爱情作品。

个人抱负是关汉卿散曲创作的另一个重要题材。这类作品中最出色的是套数《南吕·一枝花》中的《不伏老》，语言幽默诙谐，节奏铿锵有力，充满自嘲意味，一个放荡不羁的浪子形象跃然纸上，其中“我是个蒸不烂、煮不熟、捶不扁、炒不爆、响当当一粒铜豌豆”一句流传甚广。

关汉卿还有一些散曲作品，以反映杭州等都市的繁华景象为题材，如《南吕·一枝花》中的《杭州景》：“百十里街衢整齐，万余家楼阁参差，并无半答儿闲田地。”用词生动又通俗易懂，堪称同类作品中的佳作。

元杂剧

元杂剧有自己的固定格式，那就是“四折一楔子”。一场戏为一折，一折又由十几支同一宫调的曲子组成。一个剧本通常有四场戏，故为四折。为了交代故事的梗概，会在戏正式开场前加一个楔子。在剧本结尾，通常还有“题目”“正名”，类似广告语或内容提示，往往写在花花绿绿的纸招子上，张贴于勾栏外。

杂剧的角色分为末、旦、净、杂。末，指的是男性角色。男主角叫正末。旦指的是女性角色，包括正旦、外旦、小旦、大旦、老旦、搽旦，其中正旦是女主角，负责演唱。净是地位低下的喜剧性人物。杂是除以上三类外的演员，有孤（当官）、驾（皇帝）、卜儿（老妇人）等。

『曲状元』马致远

马致远，号东篱，大都人，是继关汉卿之后又一位元杂剧大家。马致远从事杂剧创作的时间相当长，名气也很大，人称“曲状元”。他总共创作了15种杂剧，其中最知名、文学价值最高的是《汉宫秋》。

《汉宫秋》是一部悲剧，讲述了西汉元帝受匈奴威胁，被逼送爱妃王昭君出塞和亲的故事。汉代以来，昭君的故事曾在很多小说、诗篇中被提及，《汉书》中也记录了相关的史实。马致远的《汉宫秋》很明显不是取材于正史，在情节构思和人物塑造方面多借鉴民间小说、诗篇和说唱文学等。图44

同时，马致远在剧中凸显的汉室与匈奴间尖锐的民族矛盾，与他本人身处的金元之交的时代背景颇有相通之处：金国和南宋都曾在蒙古人的逼迫下采取和亲之策。从这个角度来说，马致远在创作《汉宫秋》这部历史题材的剧作时，其实也加入了自己对现实生活的感受，他在展现汉元帝、王昭君无能为力的人生悲剧时，也在表达自己及生活在同时期的汉人无力主宰自身命运的悲哀。

不同于以往的昭君出塞故事，马致远在《汉宫秋》中还独创了昭君在边疆投江殉难的情节。昭君这样做，既保全了匈奴

图44 ［明］仇英《明妃出塞》（明妃即王昭君）

和汉朝的邦交，又保全了自己的气节及对汉元帝的忠贞，与汉室那些懦弱的朝臣形成鲜明对比。在中国文学史上，不少文人都曾宣扬“红颜祸水”祸国殃民的理论，马致远却与他们截然相反，用昭君这样一个刚烈、爱国的女性形象，有力回击了这些文人的谬论。

除《汉宫秋》这种爱情题材的剧作外，马致远的其余剧作多以神仙道化为题材，《陈抟高卧》《黄粱梦》《任风子》《岳阳楼》皆是如此。这与马致远的人生经历有关。马致远早年颇有政治抱负，想在官场上一展拳脚。那段时期，元朝统治者已开始起用汉族文人，可惜不够普遍。马致远一生中只担任过一些地方小官，在任时间似乎也不长。这导致他对政治越来越灰心丧气，开始在道教中寻求解脱，这在一定程度上影响了他的创作。

马致远在散曲创作上的成就也极高，现存 115 首小令和 22 篇套数，其中家喻户晓的当数《天净沙·秋思》：

枯藤老树昏鸦，小桥流水人家，古道西风瘦马。夕阳西下，断肠人在天涯。

这首小令只有 5 句 28 字，连一个“秋”字也没有，却描绘了一幅苍凉萧瑟的秋郊夕照图，同时准确传达出作者的羁旅愁思，具有很高的文学价值。后世周德清在论及元曲时，盛赞此曲为“秋思之祖”。王国维更评价它是“最佳”元朝小令，并说：“《天净沙》小令，纯是天籁，仿佛唐人绝句。”在《人间词话》中也有类似评价：“寥寥数语，深得唐人绝句妙境。”

散曲

元代最主要的文学形式除杂剧外，还有散曲。我们常说的元曲就是杂剧和散曲的合称。散曲，元代称之为“乐府”或“今乐府”，是一种与音乐结合的长短句歌词，主要有小令、套数两种形式。

小令也叫“叶儿”，名称源自唐代酒令，最基本的特征是调短字少，短小精悍。另有一种由多支小令组成的“重头小令”，其中包含的小令最多可达上百支。

套数也叫“大令”“套曲”，篇幅较长，可进行叙事、抒情或二者兼备，用于表达比小令更复杂的内容。

此外，还有一种介于小令和套数之间的散曲形式，叫“带过曲”，这是一种小型曲组，但容量远不及套数。

《西厢记》：有情人终成眷属

在元代所有戏曲文学作品中，水准最高的要数王实甫的《西厢记》。王实甫，名德信，大都人，创作了14种杂剧，现今保存完整、最知名的是《西厢记》。

《西厢记》全名《崔莺莺待月西厢记》，故事最早出现于唐代元稹所著的《莺莺传》，金代的董解元将其改编为《西厢记诸宫调》，王实甫又在此基础上创作了《西厢记》，明确提出了“愿天下有情人终成眷属”的题旨，使这个已流传数百年的故事焕发出全新的光彩。图45

在《西厢记》中，王实甫着重写情，强调莺莺和张生之间是真挚的爱情，任何人、任何制度都不能阻止这对有情人白头偕老。王实甫认为，所谓的“父母之命，媒妁之言”在真挚的爱情面前都不值一提。因此，即便是像莺莺和张生这样为时人所不容的自由恋爱、私订终身，王实甫也强烈支持。这种对封建婚姻制度和封建礼教的反叛，在那个时代很有进步意义，在整个戏剧领域中掀起了一股新思潮。

除了明确提出这个进步的题旨，王实甫还在《西厢记》中塑造了全新的莺莺、张生和红娘的形象。此前《莺莺传》和《西厢记诸宫调》中的莺莺虽然已经具备比较强烈的反抗精神，但总体而言，仍是传统

图45 ［明］闵齐伋（jí）《西厢记》（局部）

的大家闺秀形象。而在《西厢记》中，莺莺已然成了一个热烈追求爱情的勇敢女性。张生的形象也与此前两部作品中的形象大相径庭。此前的张生热衷于追求功名，在崔夫人这样的封建家长面前胆小懦弱，甚至在《莺莺传》中，他还做出了始乱终弃的恶行。在王实甫的《西厢记》中，这些缺陷在张生身上已经找不到了，与莺莺一样，他也变成了一个热烈追求爱情的人，并且满心赤诚、鲁莽可爱。此外，王实甫塑造的红娘形象也十分鲜明，她成了推动莺莺与张生爱情的关键人物，明代戏曲家汤显祖甚至评价她是有勇有谋的军师。

《西厢记》的人物语言也相当有特色，每个角色都有与其身份、地位、性格相呼应的语言风格。比如同为女性，小姐莺莺的语言就很婉转、雅致，丫鬟红娘的语言中就夹杂着不少日常俗话、俚语等，显得自然淳朴、活泼可爱。

《西厢记》被后世很多人评价为戏曲语言艺术的巅峰之作。王实甫在唱词中加入了大量唐诗宋词的意韵，曲词优美艳丽，像一首首曼妙的抒情诗。曹雪芹曾在《红楼梦》中借林黛玉之口盛赞它“曲词警人，余香满口”。

《赵氏孤儿》：震撼西方的东方悲剧

《赵氏孤儿》这部历史剧广为人知，它的作者是元代的纪君祥。纪君祥一生创作了6种杂剧，完整保留下来的只有《赵氏孤儿》。这个故事最早出现于春秋史书《左传》，西汉年间，司马迁将其记录在了《史记》中，但这两个版本有很大差别。纪君祥的《赵氏孤儿》主要以《史记》为蓝本，做了大量修改，最终形成了一个更为完整的故事。图46

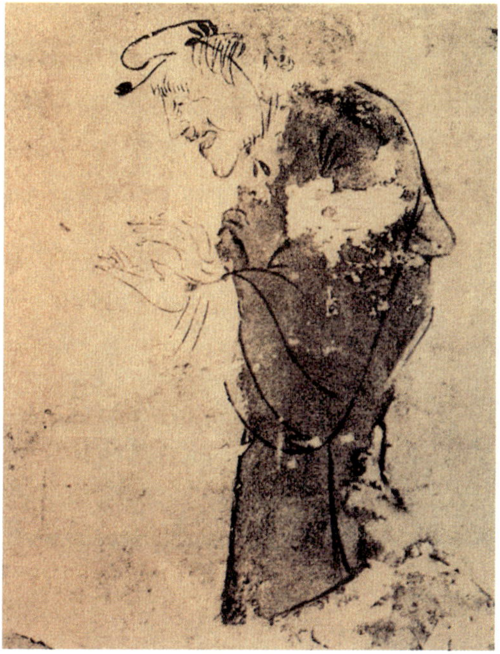

图46 西汉墓壁画《赵氏孤儿图》

《赵氏孤儿》具有浓郁的悲剧色彩，悲壮的基调贯穿全剧。剧中，屠岸贾权倾朝野，只手遮天，程婴却地位卑微，无权无势，他要保护襁褓中的赵氏孤儿，只能采用最壮烈的方式，冒着生命危险，甚至牺牲自己的亲生骨肉。如此浓墨重彩，几乎可与关汉卿的《窦娥冤》媲美，难怪王国维评价它“即列之于世界大悲剧之中，亦无愧色也”。《赵氏孤儿》流传到国外后，作为第一部广为欧洲人熟知的中国戏剧作品，有人盛赞它是“来自东方之神”，“其中有些合理的东西，英国名剧也比不上”。

在人物塑造方面，《赵氏孤儿》最成功的是对主角程婴的塑造。程婴并非一出场就是个不畏强权、舍生忘死的英雄，而是随着剧情发展，矛盾冲突不断激化，逐渐显示出人性中伟大的一面。一开始，他只是为报恩才救下赵氏孤儿。后来，屠岸贾要杀死全国半岁以下的婴儿，他挺身而出，将自己的儿子献出去，这一举动并非完全是为拯救赵氏孤儿，更是为了拯救全国无辜的婴儿，他的境界因此得到了巨大提升。等到屠岸贾当着他的面，将所谓的“赵氏孤儿”也就是他的儿子杀死时，他忍受着常人无法忍受的巨大痛苦，没有表现出半分破绽，最终瞒过屠岸贾，保住了赵氏孤儿。这时，他性格中果敢、冷静、坚毅、隐忍的一面也表现到了极致。

纪君祥生活的年代，黑暗势力横行。《赵氏孤儿》这样一部歌颂正义、坚信正必胜邪的作品，正迎合了百姓的心声，所以千百年来在民间长盛不衰，被改编成京剧、秦腔、豫剧、越剧等艺术形式广为流传。

《倩女离魂》：中国人的『人鬼情未了』

元世祖忽必烈统治时期，元军南下，占领了南宋都城临安。之后，大批北方人涌向南方，同时将杂剧这种文学形式带到了南方，出现了以郑光祖为代表的南方杂剧作家。

郑光祖，字德辉，平阳襄陵（今山西襄汾）人，长年居住在南方，是南方戏剧圈中首屈一指的人物。郑光祖一生创作杂剧18种，其中以《倩女离魂》最为有名。

《倩女离魂》改编自唐传奇《离魂记》，剧中最重要的情节就是“离魂”。图47 郑光祖在前人的基础上，对这一情节加以充实，对倩女的躯壳和魂魄都做了相当细致的描绘：倩女的躯壳无法脱离束缚，只能留在家中，饱受相思之苦，以致缠绵病榻多年。这正是对封建社会女性处境的真实反映，她们虽渴望两情相悦的爱情，却又不得不屈从于礼教的束缚。与此同时，倩女的魂魄却完成了躯壳无法去做的事，挣脱种种束缚，遵从自己的心意，与所爱之人私奔。

倩女一分为二后，躯壳和魂魄表现出两种截然不同的性情，前者满心悲苦、自怨自艾，后者却热情勇敢、坚忍执着。如此鲜明的对比，使反抗封建礼教、追求爱情自由的主题更加凸显，使整部戏更具浪漫色彩和艺术魅力，并对后世的文学创作产生了一定影响。如明代汤显祖在《牡丹亭》中塑造杜丽娘的形象时，就借鉴了这种艺术表现手法。

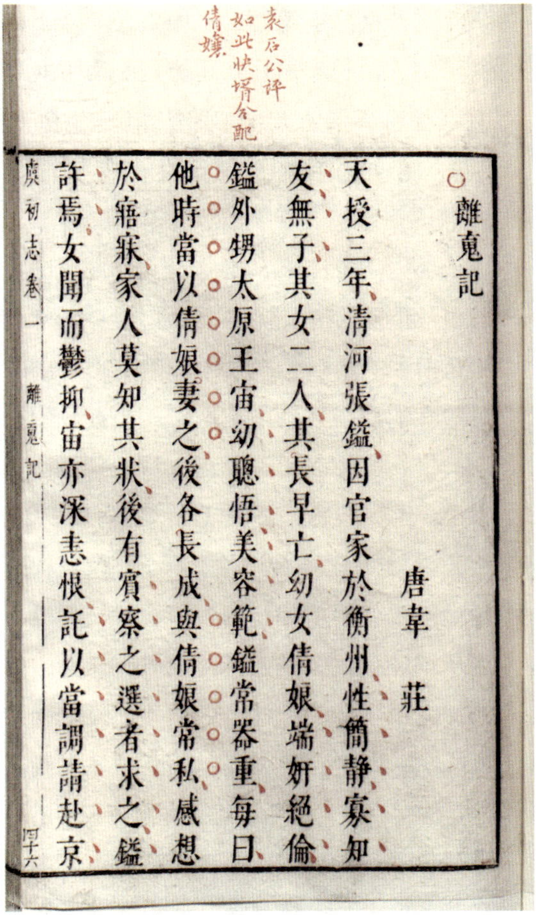

袁石公評
如此快壻合配
倩孃

○離魂記

唐韋莊

天授三年清河張鎰因官家於衡州性簡靜寡知
友無子其女二人其長早亡幼女倩娘端妍絕倫
鎰外甥太原王宙幼聰悟美容範鎰常器重每曰
他時當以倩娘妻之後各長成與倩娘常私感想
於寤寐家人莫知其狀後有賓寮之選者求之鎰
許焉女聞而鬱抑宙亦深恚恨託以當調請赴京

虞初志卷一　離魂記　四十六

图47 ［明］陆氏《虞初志》书影（《虞初志》收录了30种唐人志怪、传奇短篇小说，其中包括《离魂记》，误题作者为韦庄，实际作者是陈玄祐）

『词曲之祖』《琵琶记》

在元代所有南戏（中国南方流行的戏曲艺术，又称“戏文”）中，文学成就最高的是《琵琶记》。《琵琶记》由元末高明（即高则诚）所著，前身是宋代戏文《赵贞女蔡二郎》。《琵琶记》承袭了这个故事的大致框架，同时保留了女主角的贞烈形象，又对男主角的形象进行了翻天覆地的改造，在人物塑造方面相当成功。图48

在宋代的文学作品中，常有书生高中后抛弃糟糠之妻的故事，这与当时的科举制度密切相关。宋代的书生不论身份门第，

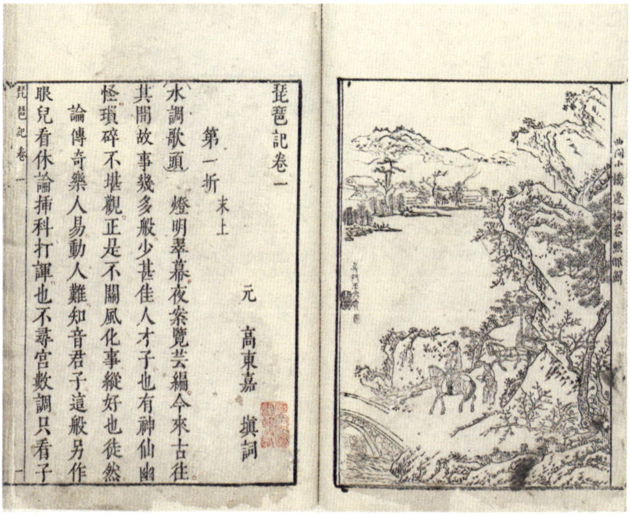
琵琶記卷一
元 高東嘉 填詞
第一折 末上
水調歌頭 燈明翠幕夜案覽芸編今來古往
其間故事幾多般少甚佳人才子也有神仙幽
怪瑣碎不堪觀正是不關風化事縱好也徒然
論傳奇樂人易動人難知音君子這般另作
眼兒看休論插科打諢也不尋宮數調只看子
琵琶記卷一 一

图48 《琵琶记》书影

只要能在科举考试中取得好成绩，便能入朝为官。很多出身寒门的书生一朝高中，往往会为了攀附权贵，抛妻另娶。这导致反映书生薄幸的文学作品越来越多，书生的形象每况愈下。到了元代，科举考试不被统治者重视，书生很难再借助这一渠道晋升，社会地位一落千丈。人们对他们的态度逐渐由谴责变成了同情、理解，所以他们在文学作品中的形象也变得越来越正面。

在《琵琶记》中，高明在刻画书生蔡伯喈（jiē）的形象时，明显对他抱有充分的理解与同情。无论是进京赶考、入赘相府，还是在京为官，都非蔡伯喈所愿，但在外界压力下，他又不得不从。妻子和双亲在家饱尝艰辛，他并不知情。最终家庭破碎，他虽然难辞其咎，但也非罪魁祸首，不可饶恕。

《琵琶记》中对赵五娘的形象塑造也十分成功。中国传统女性善良淳朴、吃苦耐劳等优秀品德，在她身上得到淋漓尽致的体现。更难得的是，剧中还揭示了造就赵五娘等女性悲惨命运的罪魁祸首是封建伦理纲常，用大段篇幅展现了赵五娘因此承受的种种无奈与痛苦。

无论是蔡伯喈还是赵五娘，其形象都是非常立体的。高明很注重从多个侧面展现人物的性格，揭露其内心的想法，这体现了元代戏剧文学的一大进步。

《琵琶记》最为人称道的是它的双线结构布置。剧情沿着两条线索展开：其一是蔡伯喈进京赶考，入赘牛府，在京为官；其二是赵五娘留在家中奉养公婆，受尽磨难。两条线索交错发展，蔡伯喈在京城的富足生活与赵五娘在家乡的艰辛痛苦轮番上演，形成了鲜明的对比，展现了强烈的戏剧冲突，增强了悲剧效果，艺术感染力极强。宋元时期，双线结构在很多文学作品中都出现过，但组成这一结构的两个故事，有很多都互无关联，能做到像《琵琶记》这样互相辉映、互相促进的少之又少，难怪戏曲评论家吕天成会赞赏《琵琶记》："串插甚合局段，苦乐相错，具见体裁，可师可法，而不必议者也。"

《琵琶记》的语言成就极高，既有华丽雅致的文语，又有淳朴本色的口语，前者用于蔡伯喈这条线索，后者用于赵五娘这条线索：蔡伯喈、牛丞相、牛小姐等人都很有学识，说话文雅，生活环境也富贵，用华丽的言辞才能与之相称；而赵五娘、蔡公、蔡婆等人都是乡下百姓，没什么学识，不会咬文嚼字，生活也十分简朴，用质朴的口语才正合适。两种不同身份的人物，分别使用两种不同风格的语言，形成了《琵琶记》在语言方面独有的特色。

作为元代最具文学价值的南戏，《琵琶记》被后人评价为"词曲之祖"。在明代几乎所有戏曲中，都能看到受《琵琶记》影响的痕迹，而戏曲以外的各类文学形式也纷纷效仿它，如明传奇中广泛采用的双线结构，就源自对《琵琶记》的模仿。

1368 — 1911 年

陆

明清小说，充满烟火气的通俗文学

明清时期，文学创作更趋于世俗化。从前不入流的小说成为「一代之学」，中国古典四大名著、白话小说「三言」「二拍」、文言小说《聊斋志异》等均出现在这段时期。另外，戏剧创作也取得了很高的成就，汤显祖的《牡丹亭》、孔尚任的《桃花扇》、洪昇的《长生殿》诞生了。曾经在文坛熠熠生辉的文学体裁，如诗词、散曲等创作虽然相对平庸，但也没有停滞。且随着城市经济的崛起，民歌艺术发展也相对繁荣。

四大古典名著

《三国演义》：浪花淘尽英雄

三国故事在中国古代民间十分流行，出现了大量与此相关的民间传说、戏曲、话本等。元末明初，罗贯中将这些资料综合起来，并结合西晋陈寿的《三国志》等史料，创作了《三国志通俗演义》，也就是我们熟知的《三国演义》。

《三国演义》是中国第一部长篇章回体小说、第一部历史演义小说和中国四大古典名著之一。全书共计 120 回，65 万字左右，描述了从黄巾起义到西晋统一将近一百年的历史。当然，小说与真实的历史是有差距的，小说用虚实结合的手法写成，“七分事实，三分虚构”，很多故事情节都经过艺术处理，书中主要人物也与历史人物本身存在不少出入。作为一部文学作品，《三国演义》具有极高的艺术价值，是我国历史小说中的经典。

首先，《三国演义》塑造了大批生动的人物。据统计，书中总共写了 1798 人，有名有姓的约有 1200 人，主要人物个个性格鲜明、形象生动，比如宽厚仁义的刘备、智慧过人的诸葛亮、忠义神武的关羽、鲁莽勇猛的张飞、奸诈霸气的曹操、心胸狭窄的周瑜、老谋深算的司马懿等，无一不深入人心。

在塑造这些人物时，罗贯中善于抓住其主要特征，采用夸张、对比等手法予以强调、突出。比如写张飞的勇猛，作者夸张地描写他站在长坂坡上大吼三声，吓得夏侯杰“肝胆俱裂，倒撞于马下”，曹操大军也“人如潮退，马似山崩”。如此描述令张飞勇猛的形象跃然纸上，让人过目难忘。又比如在“三顾茅庐”的情节中，刘备带着关羽和张飞三次去拜访诸葛亮，到第三次才碰上诸葛亮在家，偏巧他又在房中睡觉。刘备毫不介意，耐心地在房外等候，张飞却怒不可遏，竟要放火烧屋逼迫诸葛亮起来，一旁的关羽急忙拉住他。作者采用对比的手法，将三人宽厚、鲁莽、镇定这三种不同的性格表现得淋漓尽致。图49

不过，在塑造人物上，《三国演义》也有一些不足：人物性格缺少发展变化，简直可以说是一成不变，有点过于脸谱化；另外，其中有些人物的塑造夸张得过了头，显得不够真实。

其次，《三国演义》在叙事方面显示出作者无与伦比的才华。小说跨越时间长达一个世纪，人物众多，事件错综复杂、千头万绪，作者却能将其叙述得主次分明、井然有序，实在叫人不能不钦佩。全书共分为5条线索：汉朝灭亡，魏、蜀、吴三国兴衰，西晋统一天下。五条线索相互关联，详略不一。全书的主要内容集中在魏、蜀、吴三国的兴衰上，特别是魏国和蜀国的政治、军事斗争，其中蜀国的故事更成为重中之重，而诸葛亮便是这个重心中的灵魂人物。图50

在叙事时，《三国演义》长于描绘战争，书中总共描绘了大大小小40余次战争，各有特色，很少出现雷同。在这些战争中，描绘得最出色的是官渡之战、赤壁之战和夷陵之战这三场大战。在描绘这几场大战时，作者的重点不在于展示战场上的惨烈战

图49 ［明］戴进《三顾茅庐图》

图50 ［元］赵孟頫（传）《诸葛亮像》轴

况，而在于表现统帅的运筹帷幄、决胜千里。因此，叙述时以人物为中心，着力描写参战各方的实力对比、战略战术等，将战争过程写得宛如英雄史诗般慷慨激昂。

最后，在语言方面，《三国演义》采用了接近白话的语言，很容易理解。《三国演义》之所以能广为流传，雅俗共赏，语言通俗功不可没。值得一提的是，书中人物的语言已开始出现注重个性化的苗头，刘备、关羽等主要角色的语言都与其自身性格相契合。

《三国演义》的出现，对中国小说特别是历史小说的繁荣发展起到了巨大的推动作用，并对其他文学形式产生了较大影响。以戏曲为例，《三国演义》问世后，其中很多桥段陆续被改编为戏曲，单是京剧就有上百种讲述三国故事的戏目。而且《三国演义》对当时和后世的影响已超出文学范围，进入社会生活的很多方面。后世很多将领都从中学习战略战术，而书中涉及的历史知识、为人处世的经验智慧等，更被社会各界人士学习效仿。由于《三国演义》在民间流传太广、影响太大，很多人将它等同于真正的历史，引来不少误会。

章回小说

章回小说是长篇小说中的一种。大多数的章回小说都是历史演义，即在史书的基础上创作。章回小说讲究“七分虚，三分实”。

章回小说最早可追溯到宋代时的讲史评话。由于历史故事是连贯且复杂的，说书人无法一次性讲完，为了吸引人再次掏钱听书，于是在一个故事结束时就会说一句“欲知后事如何，且听下回分解”，这就形成了章回的形式。到了明代，随着市民经济的兴起和印刷业的发达，章回小说不再停留于口头，逐渐变成主要以书面文字的形式流传于民间。

章回小说每一回都有一个标题，开始只有一句，渐渐发展为对偶工整的两句。内文常采用散韵结合的模式——故事用白话写成，但中间常常夹杂着诗词，这是因为章回小说的“老祖宗”就是又说又唱的评话。

《水浒传》：108个好汉是怎样炼成的

现在普遍认为《水浒传》的作者是施耐庵，罗贯中曾对其做过一定加工。除此之外，还有三种说法：一种认为作者是罗贯中；一种认为作者是施耐庵，罗贯中不曾参与其中；还有一种认为前 70 回是施耐庵所写，后 30 回是罗贯中续写。

《水浒传》问世后，出现了多个不同的版本，回数各不相同，多的有 124 回，少的有 71 回。明代末年，文学批评家金圣叹将众好汉齐聚梁山之后的内容砍掉，做成了一个 70 回的版本，取名为《第五才子书施耐庵水浒传》，成了清朝年间最流行的版本。

《水浒传》也叫《忠义水浒传》《忠义传》，"忠义"二字是其写作主旨。忠义的含义非常复杂，忠君、孝悌、仗义等都包含在内，可即便如此，还是不能概括《水浒传》全书的思想内涵。这部小说自问世以来，一直深受百姓欢迎，最主要的原因是它对英雄的勇气、智慧和真性情的赞颂。

书中塑造了大批英雄人物，每个人物都各有特色，金圣叹曾说："《水浒传》写一百八个人性格，真是一百八样。"虽然这些英雄并不是个个都性格鲜明，让人过目难忘，但其中数十个主要角色，确实都性格迥异、活灵活现，比如宋江、林冲、武松、鲁智深、李逵等人。

《水浒传》刻画人物有一个特色，常在人物首次出场时，借助肖像描写展现人物独有的性格。比如鲁智深出场时，写他"生得面圆耳大，鼻直口方，腮边一部络腮胡须，身长八尺，腰阔十围"，寥寥数句，一个豪爽、粗莽的好汉形象就跃然纸上。图51

在刻画人物时，《水浒传》时常安排同类人做同类事，在对比中突出每个人的性格特色。正如金圣叹所言："如武松打虎后，

图51 [明]杜堇《水浒人物全图》中的鲁智深（右）和武松（左）

又写李逵杀虎，又写二解争虎；潘金莲偷汉后，又写潘巧云偷汉；江州城劫法场后，又写大名府劫法场；何涛捕盗后，又写黄安捕盗；林冲起解后，又写卢俊义起解；朱仝（tóng）、雷横放晁盖后，又写朱仝、雷横放宋江等。正是要故意把题目犯（“雷同”之意）了，却有本事出落得无一点一画相借。”

《三国演义》中的人物性格多一成不变，《水浒传》中很多人物却有明显的性格转变。以林冲为例，他本是八十万禁军教头，眼见妻子被太尉高俅的干儿子高衙内调戏，却因担心得罪上级，不得不选择忍耐，这时他的性格还比较懦弱。其后，高俅等人步步紧逼，他百般忍让都无济于事，最终愤而杀死高俅的心腹，在一个风雪之夜投奔梁山，这时他的性格已变得十分刚烈，前后对比鲜明。

此外，《水浒传》还很注意从多个角度刻画人物，使人物的性格更富有层次。比如鲁智深，他虽然粗鲁莽撞，但在某些情况下却很有计谋，心思细腻。在他拳打镇关西的情节中，作者写他路见不平，想帮被屠户镇关西欺侮的金家父女报仇。为使金家父女不受牵连，他足足等了两个时辰，估计金家父女已经走得很远了，才出去找镇关西，显示出他性格中粗中有细的一面。之后，鲁智深痛打镇关西，不承想竟闹出了人命。于是他大骂镇关西装死，为自己赢得了从容离开的时间，展现出鲁智深聪明机智的一面。正是通过多角度、深层次的描绘，一个立体、生动的鲁智深跃然纸上，令人印象深刻。

在叙事方面，《水浒传》采用了单线纵向叙事结构。前半部分写人，常用几回的篇幅集中写一个或几个人物因何要投奔梁山，对各个主要人物依次展开描写；后半部分记事，写众好汉齐聚梁山后如何反抗朝廷，又如何被朝廷招安。两个部分共同构成了一个整体。总体而言，前半部分要比后半部分精彩得多，后半部分的大部分人物失去了原有的个性，情节也显得十分拖沓。

《水浒传》在中国文学史上占据着极高的地位，它和同时期的《三国演义》共同为中国古代长篇小说的形式与风格打下了基础。与《三国演义》相比，《水浒传》与平民百姓、日常生活更加贴近，人物形象更加丰满，文中使用的白话也更加成熟，方便理解，对中国古代长篇小说的发展起到了极大的推动作用。此后，在中国文学领域中，小说的地位越来越高。

《水浒传》的出现，还为之后各类文学形式提供了丰富的素材。从小说到明清传奇，再到昆曲、京剧等戏剧艺术，以及说唱等民间艺术，都将《水浒传》当成取之不尽的素材宝库，如明代奇书《金瓶梅》，就是从《水浒传》中潘金莲的故事演绎出来的。

《水浒传》在国外也产生了很大影响，被翻译成10余种外文，在世界各地流传，并获得了极高的评价。《大英百科全书》曾盛赞："元末明初的小说《水浒传》以通俗的口语形式现身于历史杰作之列，因此得到了普遍的喝彩，被认为是最有意义的一部文学作品。"

《西游记》：一只神猴的取经传奇

明代后期的通俗小说家多热衷于创作神怪小说，有将近30部神怪小说相继问世，其中最具文学价值的非《西游记》莫属。

《西游记》讲述了唐僧、孙悟空、猪八戒和沙僧师徒四人到西天取经的故事。这个故事最早源于唐代玄奘取经的史实。玄奘是唐太宗统治时期的高僧，贞观三年（629），他从长安出发，历经17年，辗转上百个国家或地区，从天竺带回了657部佛经，并将余生全部用于翻译、研究佛经。玄奘的门徒曾根据他口述的取经途中的见闻，写成一部《大唐西域记》，书中的内容带有一些神话色彩。后来，玄奘的弟子在歌颂师父、宣扬佛法时，将这种神话色彩夸大，并在其中加入了一些匪夷所思的情节，使得玄奘取经的故事变得越来越离奇。图52

北宋时期，出现了一部题为《大唐三藏取经诗话》的话本，其中列出了《西游记》故事的大致框架，并首次出现了猴行者这个角色，他也加入了取经队伍，并逐渐取代玄奘，变成取经路上的头号人物。另外，这部话本中还出现了沙僧的前身深沙神，但只露了一次面，另一位主角猪八戒尚未出现。

猪八戒的首次登场，是在元末明初杨景贤的杂剧《西游记》中，在这部戏中，深沙神改称为沙和尚。大约在同一时期，还有一部讲述《西游记》故事的书问世，其中对唐僧师徒四人，尤其是对孙悟空的描绘，以及对故事结构和情节发展的安排，都已大致定型。我们熟知的长篇小说《西游记》就是在此基础上写成的。

关于《西游记》的作者，很多学者都存有质疑，现在一般认为是吴承恩。吴承恩，字汝忠，号射阳山人，淮安山阳（今江苏淮安）人。他才华出众，却屡试不中，人到中年才当上县丞，但不久就因反感官场黑暗，愤而辞官，此后长期卖文谋生。晚年的吴承恩贫困潦倒，十分凄凉。除《西游记》外，他还留下了4卷《射阳先生存稿》。

《西游记》是一部神怪小说，也是一部十分出色的文学作品。它有两个相当突出的艺术特色：一是奇幻，二是幽默。

首先，它创造了一个神奇的世界，突破了生死、时空和神、

图52 明内府彩绘本《唐玄奘法师西天取经全图》（局部）

妖、人、鬼的界限，上天入地，无所不能，充满了奇幻之美，而这种奇幻之中又包含了真实。以人物塑造为例，小说中的各色神、妖，虽不是凡人，却常让人感觉像凡人一样真实，甚至是可亲。这主要是因为作者将凡人的性格缺陷、言谈举止等特点赋予了这些神、妖。这一点在猪八戒身上体现得最明显。

就另一大艺术特色幽默而言，小说中穿插了大量戏言，使得全书都被浓厚的喜剧氛围笼罩。有些戏言对刻画人物很有帮助，比如孙悟空戏称如来是“妖精的外甥”，取经路上听说妖怪是观音菩萨派来的，便诅咒菩萨“活该一世无夫”，一个不畏权势、放浪不羁的勇者形象立刻凸显出来。另有一些戏言则是引人发笑的俏皮话，为小说增添了更多的喜剧色彩。比如唐僧师徒四人取经归来后分别得到了封号，猪八戒得到的封号是“净坛使者”，负责掌管如来的贡品。猪八戒很不满意，如来便安慰他说：“因汝口壮身慵，食肠宽大。盖天下四大部洲，瞻仰吾教者甚多，凡诸佛事，教汝净坛，乃是个有受用的品级，如何不好？”说得通俗点，就是猪八戒胃口大，吃得多，天下佛教徒众多，香火不断，神仙吃不完的贡品，就由他来吃光，这样的肥差有什么不好呢？这种充满世俗味道的俏皮话从佛祖口中说出来，显得格外幽默。

《西游记》作为中国神怪小说的代表作，对之后神怪小说的发展意义非凡。在《西游记》的影响下，明代末期出现了多部融合历史故事的神怪小说，其中值得一提的是许仲琳（有争议）创作的《封神演义》。这部小说最突出的特色是想象奇诡，塑造了很多相貌奇特、本领怪异的角色，比如会土遁的土行孙、长着翅膀的雷震子、千里眼、顺风耳等。不过，其中的人物大多缺乏鲜明的个性，情节安排显得很程式化，宿命论色彩也太过浓厚，文学价值远不及《西游记》。

孙悟空的原型

关于孙悟空的原型，说法很多。比如，民国时期的著名学者胡适认为孙悟空的形象来源于印度史诗《罗摩衍那》中的神猴哈奴曼。在《罗摩衍那》里，哈奴曼是风神的儿子，他有四张脸、八只手。胡适有此推论不无道理，因为哈奴曼的本事和事迹与孙悟空的能耐和经历高度相似。比如，哈奴曼的武器是虎头如意金棍，而孙悟空的武器是如意金箍棒。再比如，哈奴曼得道于始祖大梵天的真传，而孙悟空的授业师父是天地始祖——菩提老祖。他们都会腾云驾雾。他们都是智慧、勇敢、正义的化身，专为天、地、冥三界除恶扬善……图53

也有人认为孙悟空的原型就在中国。比如鲁迅在《中国小说的历史的变迁》中认为孙悟空的人物原型是中国神话中的无支祁。据《山海经》记载：无支祁是大禹时期的水中妖怪，他长得像猿猴，有火眼金睛和一口锋利的牙齿，身形非常矫健。由于他在人间为非作歹，大禹抓住他以后就把它锁在了军山下。

图53 《罗摩衍那》壁画中的神猴哈奴曼

《红楼梦》：满纸荒唐言，一把辛酸泪

在明清两朝的小说中，《红楼梦》是后世评价最高的一部。这部小说共 120 回，前 80 回是曹雪芹所作，后 40 回通常认为是高鹗续作。

曹雪芹，名霑，字梦阮，号雪芹。曹家曾是清初著名的望族，财雄势大。康熙皇帝死后，雍正即位，曹家开始走向没落，被革职抄家。曹雪芹本在南京长大，少年时代家境忽然一落千丈，才举家搬到北京，从此穷困潦倒。这样的人生经历让他萌生了创作《红楼梦》的念头。图54

曹雪芹去世时，《红楼梦》其实尚未全部完成，在此后流传的过程中，由高鹗续写了后 40 回。高鹗对《红楼梦》十分喜爱，甚至给自己取别号为“红楼外史”。他花费大量心血续写《红楼梦》，终于将其变成了一部完整的文学作品。但这后 40 回的文学成就远不及前 80 回，且有很多违背曹雪芹原意的安排，因此饱受诟病。后世在评判《红楼梦》的文学价值时，往往主要针对前 80 回。

在叙事结构上，曹雪芹彻底突破了此前流行的单线结构，采用了网状结构，多条线索同时发展，彼此关联，彼此牵制。《红楼梦》中人物众多，事件繁杂，全都汇聚在这个庞大的结构体系中，形成了一个浑然天成的整体。

在人物刻画上，《红楼梦》无疑是非常成功的。小说中有名有姓的人物共计 480 余人，其中至少有几十人性格鲜明，令人难忘。此前的小说写人物多有类型化倾向，千人一面，尤其是写女子，几乎都是一种模样。《红楼梦》中的人物以女子居多，但每一个都有自己独有的特色。比如同样是丫鬟，袭人稳重谦逊，晴雯却放

图54 宋忠元《曹雪芹像》

纵任性；同样是小姐，迎春木讷懦弱，探春却强悍精明。在这些人物中，最突出的莫过于贾宝玉、林黛玉和薛宝钗的形象。图55

贾宝玉是那个时代的叛逆者，他不屑于追求功名利禄，不喜欢读那些“正经书”，更不喜欢与达官贵人交往。他对女性充满

图55 ［清］孙温《红楼梦》(局部)

了同情与怜爱，终日与大观园的诸位姐姐、妹妹、丫鬟一起厮混。他执着追求爱情自由，认为心灵契合才是爱情唯一的条件，所以他不爱众人都喜爱的端庄大方的宝姐姐，而偏爱小心眼却与自己有着相同价值观、爱情观的林妹妹。

林黛玉同样是自由爱情的坚定追求者。她自幼寄人篱下，敏感孤傲，却又十分率真。在贾府中，真正懂得她内心世界的只有贾宝玉一人。她与宝玉彼此倾心，却因自身性格和现实束缚受尽煎熬。可即便如此，她也不愿向现实屈服，像宝钗等人一样劝宝玉走向仕途。感伤、才情、美丽、病弱，共同构成了黛玉这个悲剧形象，成就了中国文学史上最光彩夺目的女性形象之一。

宝钗与黛玉同样才情出众、美丽动人，但她的价值观、爱情观却与黛玉迥然不同。宝钗谨守那个时代的女子应该遵从的一切规范，堪称当时女子的典范。这为她赢得了贾府上下一片赞扬之声，宝玉也对她敬重有加，但偏偏不能对她产生爱情。最终，宝玉和黛玉的爱情以悲剧告终，宝钗虽然如愿嫁给宝玉，但永远也不能得到宝玉的爱情。

除上述三位主角外，书中王熙凤、贾探春、史湘云、秦可卿等人的形象也都深入人心。

在语言上，《红楼梦》堪称登峰造极。曹雪芹在其中大量运用北方官话，并融合了古典书面语，最终形成了简洁、流畅、自然、生动而且极富表现力的语言特色。比如刘姥姥进大观园，吃饭前高声说“老刘！老刘！食量大如牛，吃个老母猪，不抬头”，然后鼓着腮帮子不说话，逗众位太太、小姐开心。曹雪芹在描绘大家的反应时，写得极为生动形象：

湘云撑不住，一口茶都喷了出来；林黛玉笑岔了气，伏着桌子“嗳哟”；宝玉滚到贾母怀里，贾母笑的搂着宝玉叫“心肝”；王夫人笑的用手指着凤姐儿，只说不出话来；薛姨妈也撑不住，口里的茶喷了探春一裙子；探春手里的茶碗都合在迎春身上；惜春离了座位，拉着她奶妈叫揉揉肠子。地下无一个不弯腰屈背，也有躲出去蹲着笑去的，也有忍着笑上来替他姊妹换衣裳的，独有凤姐、鸳鸯二人撑着，还只管让刘姥姥。

《红楼梦》的出现对后世影响深远，民间出现了大批续作，如《续红楼梦》《红楼梦补》《后红楼梦》等，但普遍文学价值不高，更无法与《红楼梦》相提并论。另有大批文人模仿《红楼梦》创作小说，如民国初年的文学流派鸳鸯蝴蝶派就深受《红楼梦》影响。直到今天，《红楼梦》还在源源不绝地为众作家的文学创作提供丰富的养料。此外，《红楼梦》也为戏剧文学提供了大量素材，据不完全统计，清代就出现了大约 20 种以《红楼梦》为素材的戏剧，近代更出现了上百种红楼梦戏。另外值得一提的是，《红楼梦》出现后，在社会上掀起了一股研究热潮，乃至逐渐形成了专门的“红学”，直到今天依然长盛不衰。

『三言』与『二拍』

明代不仅出现了《水浒传》《西游记》等优秀的长篇白话小说，还出现了不少短篇白话小说。明代中后期，短篇白话小说更是发展迅速，各色小说集相继问世，其中最具代表性的是“三言”“二拍”。

“三言”是对冯梦龙编著的《喻世明言》《警世通言》《醒世恒言》这三部小说集的总称。“三言”主要是从宋元明话本中辑录而成的，冯梦龙在辑录过程中，对其内容做了不同程度的修改。此外，还有一部分作品是冯梦龙根据文言笔记、传奇、戏剧、历史故事、逸闻等再创作而成的。全书共计 120 篇，每部 40 篇。“三言”是当时最重要的短篇白话小说总集，中国古代短篇白话小说的创作，由此进入了高潮。图56

“二拍”是对凌濛初创作的《初刻拍案惊奇》和《二刻拍案惊奇》这两部小说集的总称，全书共计 80 卷，每部 40 卷。“二拍”出现于“三言”之后，受“三言”影响很大，但“二拍”中的故事大多是凌濛初自己创作的，这一点迥异于冯梦龙的“三言”。图57 中国古代短篇小说的创作，自“二拍”问世后进入一个全新的阶段。因为“二拍”的艺术水准和反映的思

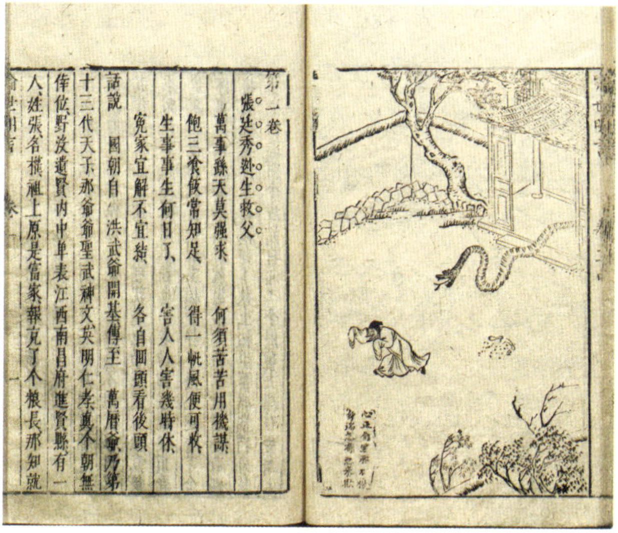

第一卷 張廷秀逃生救父

萬事由天莫強求 何須苦苦用機謀
飽三餐飯常知足 得一帆風便可收
生事事生何日了 害人人害幾時休
冤家宜解不宜結 各自回頭看後頭

話說國朝自洪武爺開基傳至萬曆爺乃第十三代天子那爺爺聖武神文英明仁孝真个朝無倖位野沒遺賢內中单表江西南昌府進賢縣有一人姓張名權祖上原是富家報充了个粮長那知就

图56 《喻世明言》书影（明末刊本）

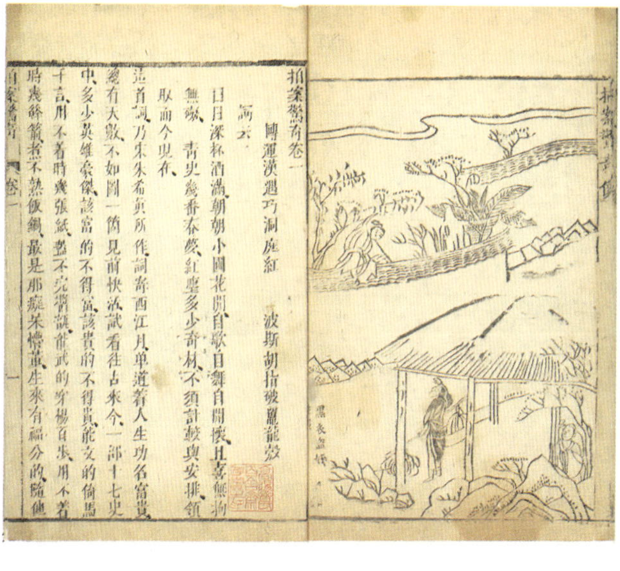

拍案驚奇卷一

轉運漢遇巧洞庭紅 波斯胡指破鼉龍殼

詩云：

日日深杯酒滿，朝朝小圃花開。自歌自舞自開懷，且喜無拘無礙。青史幾番春夢，紅塵多少奇材。不須計較與安排，領取而今見在。

這首詞乃宋朱希真所作，詞寄西江月。單道著人生功名富貴，總有天數，不如圖一个見前快活。試看往古來今，一部十七史中，多少英雄豪傑，該富的不得富，該貴的不得貴。能文的倚馬千言，用不着時，幾張紙蓋不完醬瓿；能武的穿楊百步，用不着時，幾竿箭煮不熟飯鍋。最是那癡呆懵懂生來有福分的，隨他

图57 《初刻拍案惊奇》书影（清初刊本）

想与“三言”十分相近，所以世人常将二者相提并论。

“三言”“二拍”在艺术表现手法上主要有两大特色：一是善于将平淡无奇的故事写得丰富；二是将语言变得更通俗，方便阅读、理解。

为了将故事情节写得跌宕起伏，引人入胜，“三言”“二拍”在叙事结构上有很大突破，比如有些故事采用了复线结构，从而使故事叙述比单线结构更加奇巧、有趣。细节中还常用悲剧情节与喜剧情节的交叉来增加故事的情感丰富性。

在语言方面，“三言”“二拍”都做到了通俗易懂，十分自然，贴近生活，即便是今人在阅读时也不会遇到多大障碍。

“三言”“二拍”中的内容广涉社会各个阶层的生活，写尽世间百态，其中流传最广的要数爱情故事，既有杜十娘这种震撼人心的悲剧人物，又有苏小妹这种幽默诙谐的喜剧角色，各有千秋。这些爱情故事多倡导恋爱、婚姻自由，并体现了一定的男女平等思想，这在男尊女卑观念盛行的封建社会非常难得。

“三言”“二拍”问世后，短篇白话小说盛极一时，陆续又出现了不少短篇白话小说集。不过，这些作品的文学成就与“三言”“二拍”相比，的确有很大差距。

三大爱情传奇

传奇原本指唐代的短篇文言小说，到了明代，却成了对杂剧以外各类中长篇戏剧的总称。

明传奇由宋元的南戏发展而来。明人大都将南戏称为传奇，并将元人南戏佳作如《拜月亭》《琵琶记》列入传奇之中。

但是相思莫相负，牡丹亭上三生路

明代出现了上百种传奇，其中最知名的，要数汤显祖创作的《牡丹亭》。

汤显祖，字义仍，号海若、若士，江西临川（今江西抚州）人。他出生于书香世家，自幼文采出众，精于诗文，可惜屡试不第，蹉跎到34岁才考中进士，入朝为官。为官期间，汤显祖眼见朝中官僚腐败，愤而写下《论辅臣科臣疏》呈献给万历皇帝，抨击朝政，弹劾朝廷大员，结果被贬到广东、浙江等地为官。在浙江遂昌担任知县期间，汤显祖政绩极佳，声名远扬。

5年后，汤显祖见朝政腐败一如往昔，地方恶霸难以压制，再加上几位亲人相继离世，最终心灰意冷，辞官归隐，在临川玉茗堂中潜心于文学创作。

归隐期间，汤显祖完成了《牡丹亭》

《南柯记》《邯郸记》三部戏剧作品，加上之前写成的《紫钗记》，合称为“临川四梦”，也称作“玉茗堂四梦”。其中，文学成就最高的是《牡丹亭》。

《牡丹亭》全名《牡丹亭还魂记》，原名《还魂记》，讲述了柳梦梅和杜丽娘离奇的爱情故事，塑造了多个性格鲜明的人物，杜丽娘尤其显得光彩照人。

杜丽娘出生在官宦人家，本是安守本分、温顺软弱的闺阁小姐，坠入爱河后，却变成了甘于为爱而死的深情女子。其后，她又为还魂而在阎罗王面前据理力争，历尽千辛万苦才死而复生，如此勇敢、执着，完全不像当初唯唯诺诺的大家闺秀。在与柳梦梅私订终身后，她还与父亲和老师对抗，特别是父亲杜宝，强势而顽固，简直到了绝情的地步。杜丽娘复生后，他坚决不认她，因为她的无媒苟合损害了他所谓的尊严，他宁愿相信女儿已经死了，也不愿接受这样一个不“贞洁”的女儿。可是杜丽娘并没有放弃，她再三向父亲解释，无论如何不肯屈服于父亲的淫威。最后闹到朝堂上，面对高高在上的天子，杜丽娘也不慌不忙，将自己与柳梦梅生死相许的爱情娓娓道来，连皇帝都为之动容，下旨成全他们。杜丽娘的性格生动、饱满，富于流动性，在一次又一次转变中得到升华，最终成就了中国文学史上经典的女性形象，可与《西厢记》的崔莺莺、《红楼梦》的林黛玉媲美。

除人物塑造外，《牡丹亭》的文学价值还表现在华丽、奇巧、抒情的语言风格上，其中一些名句至今仍为人所熟知，例如题词中的“情不知所起，一往而深”一句。不过，最出名的还要数《惊梦》片段中，杜丽娘在花园发出的伤春感叹：“良辰美景奈何天，赏心乐事谁家院？”这不只是对春色之美无人欣赏的叹惜，更是对自己年华正盛而寂寞苦闷的叹惋。图58

图58 昆曲《牡丹亭·惊梦》剧照

《牡丹亭》是继王实甫的《西厢记》之后，最具影响力和文学价值的爱情戏剧，反响极大，当时有这样的记载：“《牡丹亭》一出，家传户诵，几令《西厢》减价。”女主角杜丽娘更成了无数人心目中青春、美丽、深情的象征。她与柳梦梅对自由爱情的追求，显示出当时人们要求个性解放的思想倾向。《红楼梦》就明显受到了这种思想倾向的影响。

汤显祖与英国戏剧家莎士比亚是同一个时代的人，且在同一年去世，汤显祖在中国戏剧界的崇高地位可与莎士比亚在西方世界的媲美，所以人们也称汤显祖为“中国的莎士比亚”。

桃花扇底送南朝

清代的戏曲发展迅速，康熙年间出现了一部成就极高的传奇《桃花扇》。

《桃花扇》的作者是著名戏曲家孔尚任。孔尚任，字聘之，又字季重，号东塘、岸堂、云亭山人，山东曲阜人，孔子的六十四世孙。年轻时，孔尚任一心想步入仕途，如愿后却又对官场腐败、宦海浮沉心生厌倦，人到中年时忽然被罢官，原因不明，很有可能与《桃花扇》有关。

孔尚任创作《桃花扇》的念头始于他在淮阳为官期间，当时他常在聚会中听遗老们感叹兴亡，追忆往事，其中有些故事他在童年时期就听长辈提起过。后来，孔尚任被调到京城为官，正式开始创作《桃花扇》，历经 10 余年时间，苦心孤诣，三易其稿，最终于康熙三十八年（1699）定稿。第二年，《桃花扇》上演，引起巨大轰动。

《桃花扇》虽然是一部戏剧，却非常接近于真实的历史，其中描绘的弘光政权从建立到灭亡的全过程，都是对历史的真实再现：福王昏庸无道，马士英和阮大铖（chéng）结党营私，史可法孤立无援，政权迅速灭亡。只有描写清兵进军的部分与史实有些出入，毕竟当时清廷已经一统天下，孔尚任不能不有所避忌。可尽管如此，他还是在这部戏上演后被罢官。

关于这部戏的主旨，孔尚任曾说："借离合之情，写兴亡之感。"通过写李香君和侯方域的爱情故事，展现明末清初动荡的社会现实，将两人的爱情波折与国家兴亡紧密联系起来，以表达深沉的亡国之痛，赞颂对国家忠贞不渝的英雄人物和底层民众。

《桃花扇》塑造了多个性格鲜明的人物，其中既有史可法这样的英雄人物，又有李香君这样的底层民众，后者的形象尤其突出。

李香君身为秦淮名妓，在当时的社会堪称最卑贱的阶层，然而，她却拥有高尚的品格，善良、正直，不慕富贵、不畏强权，对国家忠心不二。在光彩夺目的李香君面前，男主角侯方域的形象倒显得有些逊色了。图59

图59 ［清］崔鹤《李香君像》（局部）

除李香君外，《桃花扇》还塑造了民间艺人柳敬亭和苏昆生这两个底层民众形象。戏中写道，他们两人在阮大铖家中做客，得到了优厚的待遇。后来得知阮大铖的真面目，深受震撼，耻于再留在阮家，“不待曲终，拂衣散尽”，并表示“宁可埋之浮尘，不愿投诸匪类”。

《桃花扇》在塑造人物方面的功力，得到了时人和后世的认可。王国维对元杂剧赞不绝口，却认为它们全都比不上《桃花扇》，原因就是《桃花扇》在刻画人物上的功力之深，堪称中国戏曲史上一绝。他曾说：“元人杂剧，辞则美矣，然不知描写人格为何事。至国朝之《桃花扇》，则有人格矣！”

《桃花扇》在康熙年间上演时反响热烈，连康熙皇帝都对其很是关注，并引以为鉴。此后，《桃花扇》广为流传，并被改为京剧、黄梅戏等戏剧形式传唱至今。

愿此生终老温柔，白云不羡仙乡

《桃花扇》之外，另一部不得不提的名剧便是《长生殿》。“纵使元人多院本，勾栏争唱孔洪词。”“孔”便是《桃花扇》的作者孔尚任，“洪”则是《长生殿》的作者洪昇，足见当时人们对这两部戏剧的追捧。

洪昇是与孔尚任齐名的戏曲作家，《长生殿》也与《桃花扇》并列成为康熙年间最具影响力的戏剧作品。

洪昇，字昉思，号稗畦、南屏樵者，钱塘（今浙江杭州）人。他出身名门望族，自幼接受正统教育，少年时已有诗名。康熙十八年（1679），洪昇的父亲遭到诬陷，从此家道中落。这段经历让洪昇开始关注社会现实，体味民间疾苦。康熙二十七年（1688），他历经多年、三易其稿的戏剧《长生殿》问世，很快引起巨大轰动。

《长生殿》讲述的是唐玄宗与杨贵妃的爱情故事。这一题材的作品此前已出现多部，最出名的莫过于白居易的诗《长恨歌》和白朴的杂剧《梧桐雨》。洪昇在创作《长生殿》时，就以《长恨歌》和《梧桐雨》为基础，并做了不少改动，最主要的改动是结局。无论是《长恨歌》还是《梧桐雨》，最后都以悲剧收场，洪昇却将结局改成了唐玄宗和死去的杨贵妃获得神仙恩准，到天上团圆，长相厮守，永不分离。

洪昇认为《长恨歌》和《梧桐雨》都写得太过悲伤，他不愿在自己的作品中重复这种悲伤，索性给两位主角一个大团圆结局。因此，他在写到杨贵妃死后时，一方面极力渲染唐玄宗对杨贵妃的思念，另一方面又写杨贵妃虽已做了神仙，但仍对唐玄宗眷恋不舍，甚至说："倘得情丝再续，情愿谪下仙班。"最终，他们获得了长生，把当初在长生殿立下的长相厮守的誓言变成了现实。而洪昇将这部戏取名为"长生殿"，原因正在于此。

不过，洪昇写的结局虽然美好，却令《长生殿》的上、下两卷呈现出两种不同的手法与风格：上卷采用现实主义手法，贴近现实；下卷采用浪漫主义手法，接近虚幻，而中间的转变显得不够自然。并且洪昇在下卷中将唐玄宗和杨贵妃的爱情处理得太过理想化，不符合真实的历史，很难让人信服，只能反映出作者对这种理想爱情的向往和追求。这成了《长生殿》的一大缺憾，不过从另一个角度来说，也成就了《长生殿》独有的特色。

除了爱情故事，《长生殿》还描绘了同时期的大量历史事件和民间疾苦，这赋予了这部戏剧更多的讽刺意味和现实意义。

作为艺术成就很高的戏剧名作，《长生殿》的语言十分清丽、细腻、感人，洪昇将唐诗和元曲的特色糅合在其中，并化用了很多名句，且用得非常巧妙，给人耳目一新的感觉。同时在人物塑造方面博采众长，相当成功。《长生殿》问世后，在戏剧舞台上长盛不衰，其中如《定情》《惊变》《骂贼》《弹词》等很多精彩片段，至今仍是舞台上的常演剧目。

士大夫笔下的散曲与民歌

散曲

明朝年间，散曲有了较大发展。明太祖朱元璋的孙子朱有燉（dùn）是明初有名的散曲家，创作了散曲集《诚斋乐府》。不过，受皇室贵族身份所限，朱有燉的散曲题材比较狭窄，多为游玩、庆祝、赏景、咏物之作。

朱有燉之后，明代的散曲创作逐渐走向兴盛，涌现出大批优秀作家。弘治、正德年间，北方的散曲作家主要以王九思、康海为代表。

王九思出身于书香之家，自幼擅长诗文。他的散曲多半是为表达对现实的不满，具有一定的社会意义，同时也深具北方作家惯有的豪迈雄壮，无论是思想性还是艺术价值都比较高，在当时深受文人和百姓喜爱，被广为传诵。

康海的人生经历和王九思十分相像，同样是青年时考中进士，入朝为官，中年时被当作刘瑾的同党免去官职。因此，康海的散曲创作也多愤世嫉俗，但整体而言，文风豪放爽朗，情感浓厚，有很多都称得上佳作。

同一时期，南方的散曲作家主要以王磐和陈铎为代表。王磐一生对功名毫无兴趣，他的作品常带有隐士的清高与潇洒。王磐批判现实的作品中，最出名的便是至今传诵的《朝天子·咏喇叭》：

喇叭，唢呐，曲儿小，腔儿大。官船来往乱如麻，全仗你抬声价。军听了军愁，民听了民怕。哪里去辨甚么真共假？眼见的吹翻了这家，吹伤了那家，只吹的水尽鹅飞罢！

陈铎的散曲多写男女爱情和闺怨相思，题材狭窄，但胜在语言清丽、雅致，传唱甚广。

明代中后期，散曲更加繁荣发展，名家迭出，北方以冯惟敏等作家为代表，南方以金銮、梁辰鱼、沈璟、施绍莘等作家为代表。

民歌

诗文戏曲之外，民歌也曾在明代盛行，也是明代文学的一个重要组成部分。

明宪宗朱见深在位时，国内出现了四种民歌集，其中以婚恋题材为主的《新编四季五更驻云飞》比较引人注目，部分作品表现出的追求爱情、婚姻自由的思想，在当时颇有进步意义。

明代中期，城市商业经济不断发展，市民阶层不断壮大，民歌这种直接反映市民生活的文学形式也日趋繁荣。在当时很多文人编辑的戏曲、散曲选集中，也出现了民歌，这反映了士大夫文人对民歌这种难登大雅之堂的通俗文学的重视。其中，收录在陈所闻《南宫词纪》中的《汴省时曲·锁南枝》，在当时和后世流传甚广：

傻俊角，我的哥，和块黄泥儿捏咱两个。捏一个儿你，捏一个儿我，捏的来一似活托，捏的来同床上歇卧。将泥人儿摔碎，着水儿重和过。再捏一个你，再捏一个我。哥哥身上也有妹妹，妹妹身上也有哥哥。

这首民歌语言通俗，想象奇异，情真意切，民间色彩浓厚。

著名文学家、戏曲家冯梦龙对民歌的收集、整理表现出极大的热忱，整理出了《童痴一弄·挂枝儿》和《童痴二弄·山歌》两部民歌集。

《童痴一弄·挂枝儿》多是对民间时兴小调“挂枝儿”的收录、汇总。“挂枝儿”在北方称为“打枣竿”，后来流传到南方，改名为“挂枝儿”，也叫“倒挂枝儿”“挂枝词”。“挂枝儿”兴起于明代万历年间，到天启、崇祯年间盛极一时，一直流传到清朝初年。明代文学家沈德符曾在自己的笔记《万历野获编》中提及，“挂枝儿”在当时“不问南北，不问男女，不问老幼良贱，人人习之，亦人人喜听之”。

“挂枝儿”语言大胆泼辣，风格清新质朴，带有浓厚的市井俚俗气息，真实再现了当时平民阶层的世情百态。冯梦龙曾盛赞其“最浅，最俚，亦最真”。

《童痴二弄·山歌》收录了大量吴中地区的山歌，多用吴语写成。冯梦龙对这些山歌评价颇高，曾在《山歌》卷首说：“山歌虽俚甚矣，独非郑、卫之遗欤（yú）？且今虽季世，而但有假诗文，无假山歌，则以山歌不与诗文争名，故不屑假。苟其不屑假，而吾藉以存真，不亦可乎？”这段话在肯定山歌文学价值的同时，也说明了冯梦龙编录山歌时的态度，即去伪存真。

值得一提的是，《山歌》原本久已失传，直到 1934 年才在徽州找到原书，重新出版，才有了我们今天看到的珍贵版本。

遗民诗人的旧朝挽歌

清朝初年出现了很多遗民诗人，他们的诗歌多抒发亡国之痛，具有较高的文学价值。在这些诗人之中，尤以黄宗羲、顾炎武和王夫之三人最为知名。

黄宗羲，字太冲，号南雷，别号梨洲老人，人称梨洲先生，浙江余姚人。他曾在清兵入关后积极参与反清斗争，失败后归隐，潜心著述。黄宗羲的诗歌质朴沉郁，富有真情实感，多抒发亡国之痛或悼念亡故的亲友，格调悲凉而又慷慨激昂，展现了诗人复国的坚定信念，代表作有《感旧》《哭沈昆铜》《山居杂咏》《书事》等。图60

"莫恨西风多凛烈，黄花偏耐苦中看"，在赞美菊花不惧风雨苦寒的同时，也表明黄宗羲自己虽处境艰难，却不肯屈服的意念。

顾炎武本名绛，后改名炎武，字宁人，世称亭林先生，江苏昆山人。清兵入关后，顾炎武在江南积极参与反清复明活动，失败之后流亡北方。他一生创作了400多首诗歌，风格雄浑悲壮，与杜甫的诗风很相近，多为爱国题材，富于民族精神和爱国思想。"我愿平东海，身沉心不改""苍龙日暮还行雨，老树春深更著花"等都是顾炎武以诗言志的名句，至今仍被广为传诵。

王夫之，字而农，号姜斋，又号夕堂，

图60 黄宗羲像

世称船山先生，湖南衡阳人。明朝灭亡后，他曾起兵抗清，后来归隐著述。他的诗歌以爱国题材为主，代表作有《落花诗》《补落花诗》等。

除上述三位诗人外，清初遗民诗人中比较有影响力的还有“岭南三大家”，即屈大均、陈恭尹和梁佩兰，其中屈大均的文学成就最高。

屈大均，字翁山、介子，广东番禺（今广州）人。他早年参与过反清活动，后来出家为僧，中年时还俗。屈大均的诗歌造诣颇高，风格慷慨激昂，豪情万丈，笔力遒劲，想象瑰奇，在清初遗民诗人中十分引人注目，代表作有《猛虎行》《菜人哀》《旧京感怀》等。以《通州望海》为例：

狼山秋草满，鱼海暮云黄。
日月相吞吐，乾坤自混茫。
乘槎（chá）无汉使，鞭石有秦皇。
万里扶桑客，何时返故乡？

这首诗是康熙十八年（1679）诗人在南通眺望大海时所作，其中写海的部分想象奇诡，十分雄壮，寄托了作者对故国的思念。当时清朝统治已相当稳固，诗人感到反清复明希望渺茫，不由得满心凄怆，但豪迈悲壮的气魄依然不减。

陈恭尹的诗歌多写亡国之恨和百姓疾苦，长于抒写性情，自成一派，最擅长七律，代表作有《拟古》《西湖》等。梁佩兰的诗歌以酬赠和写景为主要题材，意境开阔，雄健俊逸，代表作有《易水行》等。

除此之外，吴嘉纪也是清初比较有名的遗民诗人。他的诗歌多反映百姓疾苦，风格古朴苍劲，语言平实质朴，充满悲天悯人的情怀，代表作有描写清军杀戮恶行的《难妇行》《挽饶母》，描写自然灾害的《海潮叹》《风潮行》，描写官员压榨百姓的《临场歌》，等等。

清初遗民诗人的代表还有阎尔梅、钱澄之、归庄等人，其诗歌也都各具特色。

两截人

明朝灭亡后，文坛上既有以黄宗羲、顾炎武、王夫之为代表的不肯与清朝统治者合作的明朝遗民，也有既做过明朝的官，又当上清朝统治者座上宾的读书人，这样的人就是“两截人”。在他们中间，名气最大的要数钱谦益、吴伟业。

钱谦益虽然骨头不够硬，但作为明末清初的诗坛领袖，他不仅诗写得好，还很有文学见解。他反对明代诗坛“文必秦汉，诗必盛唐”的主张，而是推崇宋元诗，尤其是苏轼和元好问的诗。他的这一主张，极大地影响了清代诗歌的创作。

吴伟业是明末清初成就最高的诗人。他最为人所知的作品是《圆圆曲》。陈圆圆本是苏州名妓，后来成为吴三桂的侍妾。李自成攻入北京时，拥有重兵的明朝封疆大吏吴三桂一家老小，当然也包括陈圆圆，一起被起义军俘虏。吴三桂“冲冠一怒为红颜”，打开山海关，把清军引入关内。虽然他抢回了陈圆圆，却一手结束了明朝。《圆圆曲》就是根据这一传闻创作的，这首诗在当时传唱度很高，弄得吴三桂很没有面子。据说吴三桂曾想花大价钱买下这首诗，但被迫成为“两截人”的吴伟业坚决不答应！

纳兰词：人生若只如初见

纳兰性德是清代最负盛名的词人之一，甚至被晚清词人况周颐誉为“国初第一词人”。纳兰性德，字容若，号楞（léng）伽（qié）山人，满族人，出身高贵，父亲是权倾朝野的纳兰明珠，母亲是亲王之女。

纳兰性德自幼天资聪颖，博学多才，22岁时考中进士，康熙皇帝非常赏识他，可谓前途无量。然而，纳兰性德品性高洁，志向远大，对官场生活十分厌恶，对朝中腐败满心失望，并因壮志难酬终日苦闷不堪。为了宣泄这种情绪，他创作了大量词作。以《蝶恋花·出塞》为例：

今古河山无定据。画角声中，牧马频来去。满目荒凉谁可语？西风吹老丹枫树。

从前幽怨应无数。铁马金戈，青冢黄昏路。一往情深深几许？深山夕照深秋雨。

上片写眼前空旷、荒凉的景色，下片抒发自己领军打仗、报效国家的壮志难以实现的幽怨。全词寓情于景、情景交融，无论是写景还是抒情，都能做到不事雕琢，水到渠成。整首词大气磅礴，感情深沉，是难得的佳作。最末两句“一往情深深几许？深山夕照深秋雨”，被世人广为传诵。

纳兰性德的词中以爱情词最为人熟知，以悼亡词最感人至深。这些文字含情脉脉，缠绵低回，虽久经历史风尘却依然能够深深打动人心。比如《采桑子》中的“风也萧萧，雨也萧萧，瘦尽灯花又一宵”，《木兰花令·拟古决绝词》中的“人生若只如初见，何事秋风悲画扇”，《蝶恋花》中的“唱罢秋坟愁未歇，春丛认取双栖蝶”等，都是至今被广为传唱甚至家喻户晓的名句。

纳兰性德的生命非常短暂，31 岁时就因病去世了，留下了 349 首词，分别收录在《侧帽集》和《饮水词》两部词集中，后人将它们合在一起，编辑成《纳兰词》。

纳兰词在当时和后世都获得了极高的评价，有“家家争唱《饮水词》，纳兰心事几人知”的说法。北宋年间，柳永的词流传甚广，有“凡有井水处，皆能歌柳词”一说，纳兰词可与之媲美。

在聊斋里写《聊斋志异》

清朝初年，在白话小说盛行的同时，也出现了一些文言小说，其中最具文学价值的是蒲松龄的短篇小说集《聊斋志异》。

蒲松龄，字留仙，一字剑臣，号柳泉居士，世称聊斋先生，淄川（今山东淄博淄川区）人。他出生于书香世家，原本家境殷实，后来经历改朝换代，家道中落，生活艰难。蒲松龄从小就对民间文学很感兴趣，30多岁时开始利用业余时间创作《聊斋志异》。他广泛搜集民间有关神仙鬼怪的奇闻逸事，并融入自己对生活的感悟，耗时30多年才完成这部著作。“聊斋志异”这个书名初看很难理解，其实“聊斋”是蒲松龄的书斋名，“志”就是记述，“异”就是奇异的故事，连起来就是“在聊斋里记述的奇异的故事”。

《聊斋志异》近500篇，大多数篇章讲的是神仙鬼怪的故事，表面看来与现实并无多大关联，实际却深深扎根于现实的土壤，深刻揭露了当时的社会矛盾，批判了社会的腐败与黑暗。图61

《聊斋志异》的文学价值首先表现在人物塑造方面，全书塑造了大批有血有肉、生动鲜明的人物形象。小说中常用外界环境来烘托人物性格，比如《婴宁》一篇，

图61 《聊斋故事画册》书影（题清代改琦绘，讲了10个聊斋故事，每个故事配插图一幅）

写婴宁的住所幽静、整洁，充满鸟语花香，正合了她天真烂漫的性格；有时也会加入很多心理描写，从而更加深入、细致地表现人物性格，比如《促织》一篇，在刻画主角成名时就借助心理描写将他内心的不安展现得淋漓尽致，使其个人形象跃然纸上。

其次表现在情节方面，各篇小说情节上的差异使《聊斋志异》呈现出多样化特色。《聊斋志异》中有很多篇章篇幅较长，情节丰富，跌宕起伏，引人入胜，比如《聂小倩》《西湖主》《画皮》等。不过，也有不少篇章篇幅很短，情节简单，甚至没有情节可言，比如《婴宁》一篇主要讲述了婴宁美好的性格，《王子安》一篇则讲述了王子安以为自己乡试高中的短暂幻觉。《聊斋志异》长短参差的布局结构启发了后世的小说创作，并使小说的类型与形式得到极大的丰富。

最后表现在语言方面，《聊斋志异》虽是用文言写成的，但语言比一般的文言要通俗得多，并融合了口语特色，很容易读懂。尤其是小说中的人物语言，各具特色——书生文人之类语言文雅，市井小民的语言则充满生活气息。另外，小说中还加入了一些诗句，不少篇章的语言有诗化倾向，某些叙事语言也带有诗歌特色，显得十分含蓄，营造出一种神秘的氛围。

《聊斋志异》于康熙年间问世，引起了巨大的反响，百姓争相传阅，文人也纷纷效仿，掀起了文言小说创作的热潮，出现了袁枚的《子不语》、纪昀（即纪晓岚）的《阅微草堂笔记》等佳作。日本一些著名作家如芥川龙之介等，甚至都曾模仿《聊斋志异》创作类似的志怪故事。

《儒林外史》：读书人的那些事儿

《聊斋志异》之外，另一部重要的清代文学作品便是吴敬梓的长篇讽刺小说《儒林外史》。

吴敬梓，字敏轩，号粒民、文木老人，安徽全椒人。吴敬梓出生于科举世家，年轻时，他也想过走科举之路，无奈屡试不第。临近中年时，他终于看透了科举制度的弊端，从此彻底放弃。

吴敬梓早年生活优越，父亲死后，家道中落，便一直过着穷困潦倒的生活。由富到穷的生活经历，让他饱尝世情冷暖，对社会现实有了更深入、更透彻的认识。吴敬梓33岁迁居南京，《儒林外史》的大部分都是在这里完成的。49岁时，《儒林外史》已基本创作完成，但他又多次进行修改。

《儒林外史》是一部伟大的章回体长篇现实主义讽刺小说，全书共计56回，约40万字。书中假托明代故事，讲述了清朝康乾年间多名知识分子的故事，其中最广为人知的人物当数范进。图62

范进一生参加科举20多次，到54岁时连个秀才都没考上。不料最后一次他突然中举，自然高兴得发了疯。多亏老丈人胡屠户一耳光打醒了他，治好了他的疯病。范进中举之前，家人、乡邻都对他不屑一

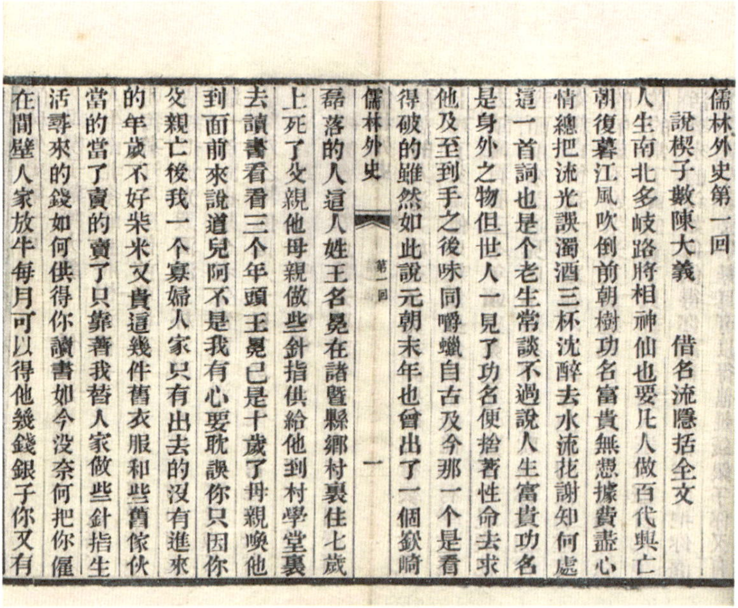
儒林外史第一回

說楔子敷陳大義　借名流隱括全文

人生南北多岐路將相神仙也要凡人做百代興亡朝復暮江風吹倒前朝樹功名富貴無憑據費盡心情總把流光誤濁酒三杯沈醉去水流花謝知何處這一首詞也是个老生常談不過說人生富貴功名是身外之物但世人一見了功名便捨著性命去求他及至到手之後味同嚼蠟自古及今那一个是看得破的雖然如此說元朝末年也曾出了一個嶔崎

儒林外史　第一回　一

磊落的人這人姓王名冕在諸暨縣鄉村裏住七歲上死了父親他母親做些針指供給他到村學堂裏去讀書看看三个年頭王冕已是十歲了母親喚他到面前來說道兒阿不是我有心要耽誤你只因你父親亡後我一个寡婦人家只有出去的沒有進來的年歲不好柴米又貴這幾件舊衣服和些舊傢伙當的當了賣的賣了只靠著我替人家做些針指生活尋來的錢如何供得你讀書如今沒奈何把你僱在間壁人家放牛每月可以得他幾錢銀子你又有

图62　《儒林外史》书影（清活字本）

顾，甚至冷嘲热讽。特别是他的老丈人，动不动就对他破口大骂，骂他“癞蛤蟆想吃天鹅肉”“像你这尖嘴猴腮，也该撒泡尿自己照照”。范进中举之后，老丈人对他的态度来了个180度大转变，称呼他是“贤婿老爷”“天上文曲星”，见他的衣服后襟皱巴巴的，“一路低着头替他扯了几十回”。其余人也都对他毕恭毕敬，赞不绝口。范进的母亲见状欢喜得不得了，一口气没喘上来，竟然死去了，乃至乐极生悲。

范进的故事实则影射了当时全社会的读书人，可谓对科举制度展开了无情的嘲讽，这种讽刺的力度是前所未有的，简直振聋发聩。在整部小说中，作者更是将中国讽刺文学推向了一个全新的高度，足以与世界讽刺名著并列。

此外，《儒林外史》对人物形象的刻画也值得一提。以往的小说人物都很难摆脱被类型化的命运，最直接的表现就是外貌描写，常用一些如“玉树临风”“面若桃花”之类的套话，显得十分脸谱化。《儒林外史》摒弃了这些套话，直接写人的外貌特征、穿着打扮，比如写刚出场时的范进，“面黄肌瘦，花白胡须，头上戴一顶破毡帽”“穿着麻布直裰（duō），冻得乞乞缩缩”，一个寒酸书生的形象呼之欲出。

《儒林外史》中的人物基本都是小人物，性格完全贴近现实生活中的普通人，有善有恶，十分生动。《儒林外史》篇幅很长，人物众多，结构比较散，且每个人物出场的时间都不长，作者却能在这短暂的出场时间内将他们的性格写得极其饱满，并能写出层次分明的发展变化，显然功力非凡。

《儒林外史》这样一部伟大的小说，在问世之初并没有在民间引起多大的反响，所以有“第一流小说之中，《儒林外史》的流行最不广”的说法。但它对中国的文学创作，特别是讽刺文学的创作产生了很大的影响，此后的《二十年目睹之怪现状》《官场现形记》《老残游记》等小说，都在一定程度上受到了它的影响。另外，它对科举制度的记录与批判，也颇具史料价值，是了解中国科举制度的重要参考资料。

官场生怪状，孽海起波澜

清末民初，文坛谴责小说盛行，许多作者借此强烈批判政府和时弊，并提出各种拯救社会的主张。当时最具影响力的谴责小说有四部：《官场现形记》《二十年目睹之怪现状》《老残游记》《孽海花》。

《官场现形记》是一部长篇章回体小说，作者是李伯元。中国近代小说批判社会现实的风气，就始于《官场现形记》。小说共计60回，集中描绘了晚清官场各类大小官员腐败堕落的丑态，其中既有军机大臣、总督巡抚之类的朝廷大员，又有知县典史这样的地方小官，反映了当时无官不贪、整个政治体制都已腐朽的社会现实。

在艺术表现手法上，《官场现形记》采用了类似《儒林外史》的叙事结构，描述了多个人物的故事，他们各自独立，讲完一个人的故事后再转入另一个人，这样虽然使结构显得很松散，却能展现更广阔、丰富的社会现实。小说在刻画人物方面十分生动传神，多用白描手法，寥寥数字便将人物的性情描写得入木三分，并常采用夸张手法，进一步凸显人物个性。美中不足的是，小说中出现了很多相似的人物和情节，影响了其文学价值。

《二十年目睹之怪现状》的作者是吴趼（jiǎn）人，这是一部带有自传性质的小说，采用第一人称叙事，讲述了主人公在官场20年间的经历与见闻。作者通过讲述上至朝廷大员下至市井小民在官场、商界等社会各个领域制造出来的两百多种“怪现状”，描述了一个充斥着魑魅魍魉、豺狼虎豹和蛇虫鼠蚁的丑恶世界，将当时整个封建社会腐烂不堪的状态呈现在世人眼前。

小说还刻画了一些新兴资产阶级，他们的形象很正面，重情重义，与其他领域的小人形成了鲜明对比，可他们最终还是像当时绝大多数资产阶级一样走向了破产。

整部小说笔法锋利，讽刺辛辣，语言中夹杂了不少幽默风趣的成分，可读性较高。

《老残游记》是一部中篇小说，全书共计20回，作者是刘鹗，讲述了一个人称“老残”的江湖医生在游历中的见闻和作为，揭露了此前的文学作品中罕有的“清官暴政”现象。图63

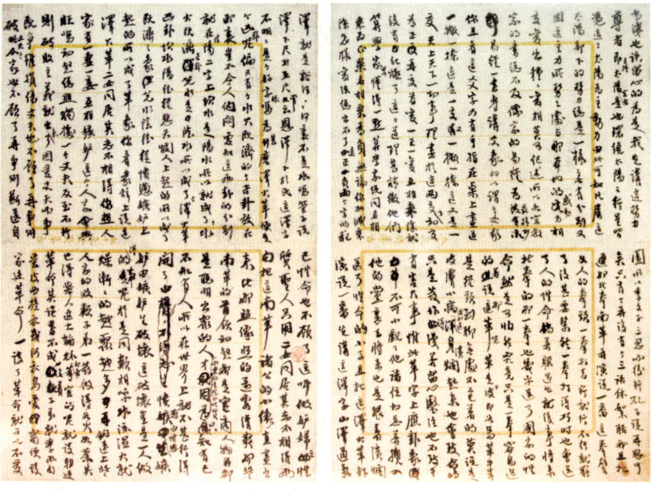

图63 《老残游记》第十一回残稿

小说塑造了玉贤和刚弼两个典型的清官形象，他们所谓的清廉就是严刑峻法的代名词。为了政绩，他们可以在自己的辖区内严刑逼供，制造冤案，草菅人命。表面看来，他们为官清廉，不贪污受贿，称得上清官。但实际上，他们的欲望比那些贪污受贿的官员更强烈、更扭曲，他们的贪欲在于更大的权势，步步高升的野心已然膨胀到了极限，造成的危害远远超过了贪污受贿。

《老残游记》具有相当高的艺术价值，其中充斥着作者强烈的主观感情，充分发挥了作者的创作自由与个人思想意识，反映了中国小说创作开始由说书人叙事模式向作家叙事模式的转变。另外，小说中出现了大量心理分析，比以往文学作品中的心理描写更加深入、大胆，这在当时是一种巨大的进步。

《孽海花》是一部历史小说，作者曾朴。这本小说以状元郎金雯青和名妓傅彩云的婚姻生活为主线，描述了同治中期到光绪后期30年间的政治、文化变迁，这段时期的重大历史事件，如中法战争、甲午海战、洋务运动等都在其中有所展现。

《孽海花》是一部相当优秀的文学作品，文笔上佳，结构尤其别致出彩，正如曾朴自己所言："譬如穿珠，《儒林外史》等是直穿的，拿着一根线，穿一颗算一颗，一直穿到底，是一根珠链；我是盘曲回旋着穿的，时放时收，东西交错，不离中心，是一朵珠花。"小说对人物的塑造也十分出色，特别是女主角傅彩云，她是以当时的传奇名妓赛金花为原型，集美丽、聪慧、毒辣、轻浮于一身，形象极为复杂，也十分真实。

《铁云藏龟》

《老残游记》的作者刘鹗，字铁云，虽出身官僚家庭，但一生都没有参加科举。他对医学、算学都很有研究，但他在历史上留下浓墨重彩的一笔是写成了两本书，一本是官场谴责小说《老残游记》，另一本是甲骨文研究著作《铁云藏龟》。

《铁云藏龟》是中国第一本关于甲骨研究的学术著作。1903年，刘鹗从他所收藏的5000多片甲骨中精选出1058片，编成《铁云藏龟》六册。在自序中，刘鹗记述了龟甲兽骨文字的发现过程，以及王懿荣收集甲骨的过程，还记述了文字从古籀（zhòu）到隶书的发展过程。他是第一个提出甲骨文是“殷人刀笔文字”观点的人。

《铁云藏龟》让甲骨这种只有少数人能观赏的古董走进寻常人的视野，造就了一批甲骨爱好者，对甲骨学的研究和发展作出了不可磨灭的贡献。

晚清文坛起新风

19世纪末期，资产阶级改良派和革命派先后登上中国的历史舞台，他们之中出现了不少优秀的作家，如黄遵宪、梁启超、康有为、秋瑾等人。

黄遵宪的文学成就基本在诗歌方面。他的诗歌有两大主题——反帝爱国和变法图强，代表作有《哀旅顺》《感事》《今别离》等。《哀旅顺》是黄遵宪最负盛名的诗歌之一，创作于1895年，也就是甲午战争中旅顺军港被日军攻陷的第二年。全诗真实再现了旅顺失守的情景，反映了诗人对懦弱无能的清政府的悲愤与谴责，对民族危机的深切忧虑，充满爱国情怀。《感事》等诗歌表达了诗人对戊戌变法失败的惋惜，对国家民族前途的担忧，同时又坚信变法是历史大趋势，不可逆转："滔滔海水日趋东，万法从新要大同。"

梁启超是中国近代的散文大家，在散文界占据着首屈一指的重要地位。他的散文思想超前，直抒己见，融合了古今中外各种艺术表现手法，句式灵活，词汇丰富，条理清晰，感情充沛，语言通俗易懂，在当时引起了巨大的反响，被评价为"对于读者，别有一种魔力焉"，并影响了之后的五四文学革命。代表作有《少年中国说》《说希望》《变法通议》《新民说》《自由书》等，其中很多名句被时人和后人广为传诵，比如《少年中国说》中的“少年智则国智，少年富则国富；少年强则国强，少年独立则国独立；少年自由则国自由，少年进步则国进步”，即便在今人看来也毫不过时。图64

除梁启超外，康有为、谭嗣同的散文也十分出色。康有为擅长写政论文，逻辑严密，分析透彻，手法灵活，语言通俗，极具感染力，代表作有《上清帝第二书》《应诏统筹全局折》等。另外，康有为在诗歌方面也造诣颇深，富于浪漫主义色彩，视野开阔，想象雄奇，情感奔放，大气磅礴，代表作有《登万里长城》《出都留别诸公》《戊戌八月国变纪事》等。“戊戌六君子”之一的谭嗣同的散文锋芒毕露，对封建旧制度的批判力度极强，代表作有《思纬氤氲台短书·报贝元徵》等。图65

进入20世纪，资产阶级革命派迅速发展壮大，出现了一批以秋瑾、苏曼殊、柳亚子为代表的优秀革命诗人。

秋瑾自称“鉴湖女侠”，常以花木兰、秦良玉自喻。她积极投身革命，参加革命组织，最后因组织起义被捕，从容就义。秋瑾身为女子，却有不逊于男子的勇气与坚定，反映在她的诗歌中，往往壮怀激烈，充满爱国激情和不惧牺牲的豪迈气概，震撼人心，代表作有《宝刀歌》《对酒》《吊吴烈士樾（yuè）》等。以《对酒》为例：

不惜千金买宝刀，貂裘换酒也堪豪。
一腔热血勤珍重，洒去犹能化碧涛。

短短四句诗，已将秋瑾轻视钱财的豪侠性格和勇于牺牲的革命精神充分展现出来。

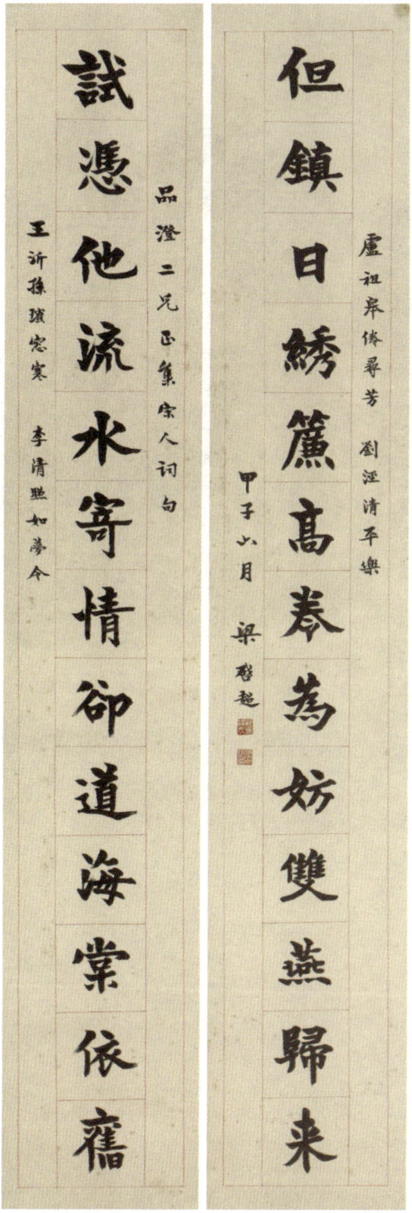

图64 梁启超楷书十三言联立轴

图65 王西京《远去的足音》（该画描绘了“戊戌六君子”慷慨赴义的场景）

苏曼殊擅长七绝，现存诗歌百首左右，多是感怀伤时或写景之作，风格幽怨婉转，受李商隐影响颇深，但也有一些苍凉悲壮的诗作，展现了诗人强烈的爱国热忱，如《以诗并画留别汤国顿》：

蹈海鲁连不帝秦，茫茫烟水着浮身。
国民孤愤英雄泪，洒上鲛绡赠故人。

柳亚子的诗歌紧密联系当时的民主革命，集中反映反帝反封建的主题，充斥着强烈的爱国热忱和民主激情，风格慷慨激昂、沉郁苍凉，代表作有《放歌》《元旦感怀》《吊鉴湖秋女士》《孤愤》等。

1912—1949年

柒

白话文，中国新文学的春天

在西方文明的影响下，在五四运动和白话文运动的作用下，中国文学有了脱胎换骨的变化：既有了新的语言表述方式——白话文，也诞生了更多新的文学体裁，如话剧、新诗、现代小说、杂文、散文诗、报告文学等。从此，中国文学与世界文学潮流汇合在一起，成为真正现代意义上的文学。

鲁迅，唤醒中国的文坛斗士

鲁迅是中国现代伟大的文学家，中国现代文学的奠基者和开拓者。鲁迅，原名周树人，字豫才，浙江绍兴人。鲁迅是他的笔名。图66

鲁迅青年时代曾到日本学医，后来弃医从文，回国从事文学创作。因为在他看来，

图66 鲁迅照片

医术只能医治人的身体，文学却可以医治人的精神，而只有国民精神面貌得到彻底改观，才能进一步改造中国。

鲁迅一生创作了大量文学作品，包括小说、杂文、散文、诗歌等。在小说创作方面，鲁迅被誉为“中国现代小说之父”，他大大拓展了小说的艺术形式。比如首创了日记体，引入了多种叙事方式，其中既有第一人称叙事，又有第三人称叙事，前者重视抒情，后者重视客观描写；融入了多种艺术创作手法，如现实主义、象征主义、浪漫主义等，为之后的小说创作开辟了全新的道路；他将对人物的塑造推到了第一位，从而改变了中国以往的小说以情节为主的特色，塑造出阿Q、孔乙己、祥林嫂等一大批丰满的艺术形象。

鲁迅的小说都是中短篇小说，收录在《呐喊》《彷徨》《故事新编》三部小说集中，其中的名篇有《狂人日记》《阿Q正传》等。

《狂人日记》创作于1918年4月，是鲁迅第一篇白话小说，也是中国第一篇现代白话小说，是中国新文学的奠基之作。在主人公“狂人”看来，所有人都在谋划着害他、吃他，他是真“狂人”无疑。可偏偏就是这个“狂人”，拥有大多数正常人都没有的清醒认知，竟追本溯源，找到了害自己、吃自己的罪魁祸首——封建礼教。鲁迅塑造这个“狂人”的真正目的，就是要揭示封建礼教吃人的本质。现实主义和象征主义的手法，是《狂人日记》“寓热于冷”的独特创作风格。另外，这篇小说的格式也非常特别，采用了前所未有的“日记体”，通篇以第一人称展现主人公的内心独白，其中运用了大量白描手法，以十分简洁的语言达到了十分生动的效果。

《阿Q正传》是鲁迅唯一一部中篇小说，以章回体形式写成。鲁迅在谈及《阿Q正传》创作原因时曾说，自己想“写出一个现代的我们国人的魂灵来”。小说主角阿Q正是清末民初中国人的典型代表，囊括了当时几亿中国百姓的劣根性。阿Q的性格核心是“精神胜利法”，表现为粉饰自己的失败和被奴役的命运，甚至完全否认，或是自轻自贱，心甘情愿接受这样的命运，又或是欺凌更弱小的人，将自己的屈辱转嫁旁人。若这些都不灵验，便用幻想出来的“胜利”麻醉自己。鲁迅借这篇小说，发出了痛苦的呐喊，希望能唤醒民众，改变他们的命运，拯救他们的病态和愚昧。图67

《阿Q正传》有着相当高的艺术价值，它采用了传记式结构，将人物性格的各个方面及人物命运的曲折复杂全面展现出来，塑造出一个极为丰满、极具代表性的文学形象。小说情节悲喜交加，明明是一部沉痛至极的悲剧，却运用了夸张、讽刺、反语等多种艺术表现手法，行文亦庄亦谐，处处引人发笑，将沉重的哀痛隐藏在笑声背后，更能引起读者深思。

除《狂人日记》和《阿Q正传》外，鲁迅的小说名篇还有揭露旧中国底层知识分子的悲惨命运、讽刺世态炎凉的《孔乙己》，感叹群众愚昧、革命者悲哀的《药》，揭露封建礼教残酷压迫女性的《祝福》，以及他唯一一部以恋爱婚姻为题材的小说《伤逝》，等等，每一篇都拥有很高的文学价值和社会价值。

除小说外，鲁迅一生中还创作了大量杂文，他后期的文学创作多以杂文为主。什么是杂文呢？杂文就是直接、迅速反映社会事件或社会倾向的文艺性论文，内容广泛，形式多样，各类涉及社会生活、文化动态和政治事件的杂感、杂谈、随笔等，都可归于杂文之列。鲁迅认为，杂文是“匕首”，是“投枪”，能“对于有害的事物，立刻给以反响或抗争”。因此，他一直将杂文当作战斗的武器，创作了《坟》《热风》等16本杂文集。

图67 蒋兆和《与阿Q像》

鲁迅的杂文创作有鲜明的特色，总体而言，就是实现了两个统一。

一是思想性和形象性的统一。鲁迅的杂文多涉及对中国社会和文化的批判，思想性相当深刻，在表达时也十分生动、形象，往往以常见的社会现象为切入点，在描绘人物的言行、心理活动时，非常直接、准确，入木三分，并广泛采用象征、比喻、漫画等手法，活泼生动，通俗易懂，令人难忘。

二是战斗性和艺术性的统一。杂文作为鲁迅最有力的武器，曾被郁达夫评价为“能以寸铁杀人，一刀见血”，可见其杀伤力有多大。但鲁迅生活的社会环境又逼迫他很多时候只能借助各类艺术手法，曲折而巧妙地表达自己的意思，比如加入大量转折、引用、反语等。在这一过程中，鲁迅独有的杂文风格逐渐成形：既深刻泼辣，又含蓄隽永，深藏不露。

以鲁迅的杂文代表作《拿来主义》为例，这篇杂文创作于1934年，当时中国正遭受帝国主义的侵略，它们不仅践踏中国主权，大肆掠夺中国资源，还不断对中国展开经济、文化侵略。对于这些外来事物，当时社会上存在两种错误倾向：“全盘肯定”和“全盘否定”。而对于本国文化遗产，社会上同样存在这两种倾向。鲁迅针对这一现象写了《拿来主义》，指明中国人应该怎样正确对待外来事物和本国文化遗产，并且独创了“拿来主义”这个词。

《拿来主义》充分体现了鲁迅杂文的特点，文中涉及非常深刻的社会问题，却以一个穷青年得到一座大宅子做比喻，以穷青年对宅子内各类东西的占有、挑选，比喻整个社会对外来事物和本国文化遗产的态度，深入浅出，生动具体，通俗易懂。

此外，鲁迅的杂文代表作还有哀悼为中国而死的学生运动领袖刘和珍的《纪念刘和珍君》，纪念“左联”五烈士、控诉反动派屠杀人民罪行的《为了忘却的纪念》，等等。后者创作于白色恐怖时期，为了让文章得以发表，鲁迅不得不采用含蓄、曲折的艺术表现手法，全文虽委婉、含蓄，却毫不晦涩，具有很强的艺术感染力。

鲁迅的文学创作还涉及散文、诗歌等方面，著有散文集《朝花夕拾》和散文诗集《野草》。

胡适的「干不了」

1915年，中国开始了以“德先生”(民主)和“赛先生”(科学)为口号的新文化运动。“新文化运动”的发起人之一陈独秀提出中国要进行文学革命，即推翻旧文学，建设国民的、写实的、社会的新文学，而另一位作家周作人更是提出了“平民文学”的口号。文学平民化，第一步就是变文言文为白话文。于是，一场轰轰烈烈的白话文运动就此展开。在这场运动中，胡适是最卖力的。虽然在他之前也有人写白话文，但他却是第一个在理论和实践上全力倡导白话文的人。他在《新青年》发表了一篇《文学改良刍议》，提出文学改良的“八不主义”，即言之有物，不模仿古人，讲究语法，不无病呻吟，去除老调和套话，不用典故，不做对仗，不避俗词俗语。

一次，在课堂上，为了让学生体会白话文与文言文孰优孰劣，胡适问了学生这样一个问题：“为了缩短发电报的字数，如何用最简短的话拒绝一个你不想做的差事?”同学们都拟好了各自的电报，胡适从中挑选了一份最简短的文言文电报：才疏学浅，恐难胜任，恕不从命。念完后，他仅用白话文说了5个字：“干不了，谢谢。”

郭沫若和他的《女神》

郭沫若是中国现代著名诗人，也是中国新诗的奠基人之一。

郭沫若，原名郭开贞，笔名鼎堂，号尚武，四川乐山人。郭沫若是他的笔名。郭沫若青年时期留学日本，学习医术，后来弃医从文，积极参与文学创作，写下大量新诗。1921年，郭沫若出版了中国第一部新诗集《女神》，这同时也是中国新诗的奠基之作。图68

《女神》收录了郭沫若1918—1921年的主要诗歌作品，多是他在日本留学期间所作，连同序诗共计57篇。这些诗歌主要有以下几种主题思想：

一是表达诗人对祖国的无限热爱。比如《炉中煤》一篇，诗人将自己比作“炉中煤”，将祖国比作自己心爱的“年青的女郎”。诗中两次写道：“我为我心爱的人儿，燃到了这般模样！”表现了诗人心甘情愿为祖国献身的热忱。又如《凤凰涅槃》一篇，用悲壮雄浑的笔调描绘了凤凰自焚，然后在烈火中重生的故事，抒发了诗人对彻底摧毁旧社会、建立新中国的热切期盼。

二是表现诗人对个性解放的强烈追求。比如《天狗》一篇，诗人自称为“天狗”，可以吞没宇宙中的一切，借此赞美个性解放：只有吞没一切，摆脱一切旧有的思想

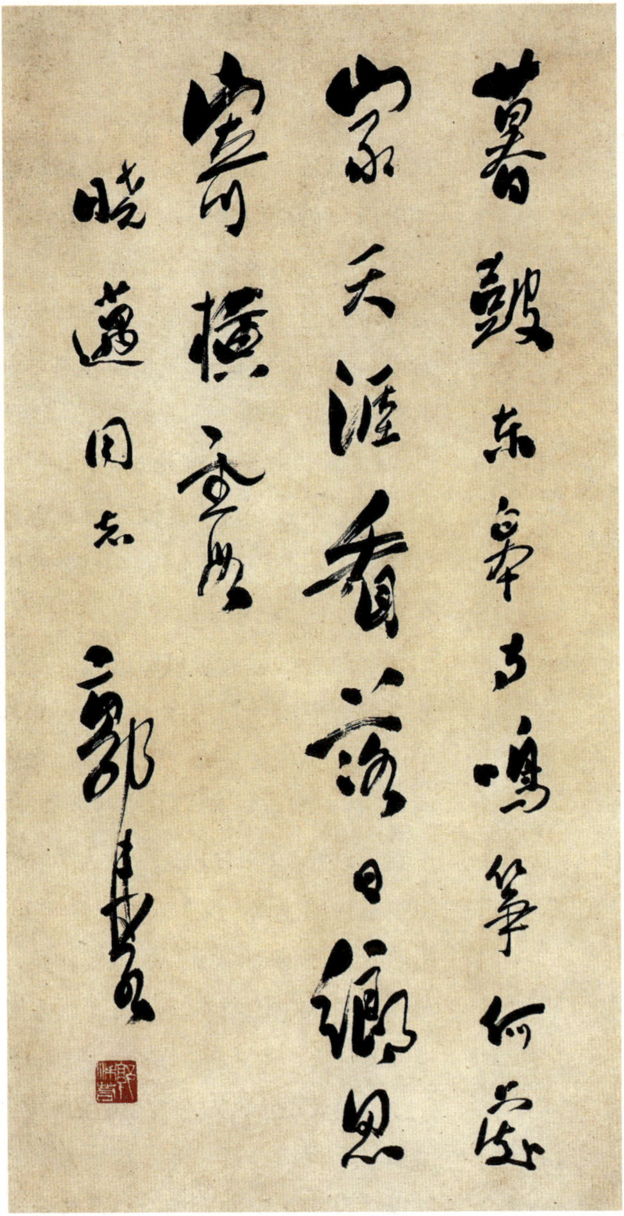

图68　郭沫若的行书书法

束缚，才能张扬个性，追求解放。

三是表现诗人的叛逆思想和反抗精神。比如《匪徒颂》一篇，赞颂了华盛顿、马克思、哥白尼、达尔文等历史上有名的反抗者，表示自己将效仿他们，与当时中国的黑暗势力抗争到底。

四是展现诗人的创造精神。比如《笔立山头展望》一篇，赞颂了 20 世纪的科技文明。

郭沫若的《女神》有着鲜明的艺术特色，它是中国浪漫主义新诗的开山之作，中国的浪漫主义新诗流派就是在此基础上形成的。诗中有大量奇异的想象和夸张，比如《天狗》中想象天狗可以吞没全宇宙，简直匪夷所思，却因此产生了惊人的艺术魅力。同时，诗中还运用了很多比喻、象征的手法，借助某种形象，如历史人物、自然景物等寄寓自身情感，而这些形象往往十分新颖别致、恰如其分。

在表达方式上，《女神》多直抒胸臆，这也是浪漫主义诗歌的主要表达方式。这种畅快淋漓的宣泄式表达，能使诗歌更具力度，而郭沫若豪放派诗风的形成也与此关联甚密。《女神》中的诗歌阳刚壮美，天马行空，气势磅礴，堪称新诗中豪放派的先驱。

在语言方面，《女神》的语言多带有强烈的主观色彩，诗人总将自己的主观感受加诸对客观事物的描写上，诗歌的感染力因此大大增强。

在格式方面，《女神》完全冲破了旧诗格律的束缚，不遵从任何一种固有的格式，只听凭内在的情感节奏，自然而然地组成诗歌韵律。其中每首诗的格式各不相同，但都与诗中蕴含的情感和主题十分契合。比如《凤凰涅槃》一篇，全诗篇幅很长，句式长短不一，变化多端，形成了很强的节奏感，正吻合了诗歌雄浑悲壮的基调：

我们新鲜，我们净朗，
我们华美，我们芬芳，
一切的一，芬芳。
一的一切，芬芳。
芬芳便是你，芬芳便是我。
芬芳便是他，芬芳便是火。
火便是你。
火便是我。
火便是他。
火便是火。
翱翔！翱翔！
欢唱！欢唱！

可以说，《女神》开创了自由体诗歌新风格，为此后诗歌的创新树立了很好的典范。

内外皆美的新月诗

“新月诗派”是中国现代文学史上一个重要的诗歌流派，因受泰戈尔《新月集》影响，故名新月派。另外，因为该诗派倡导格律诗写作，所以也叫“格律诗派”。新月派最早出现于1923年，以闻一多和徐志摩为代表。图69

闻一多在诗歌创作中提出了著名的“三美”主张：诗歌要兼具音乐之美、绘画之美和建筑之美。音乐之美是指诗歌在节奏、押韵、停顿等各方面都要和谐、流畅；绘画之美是指诗歌语言要华丽，要竭尽所能描绘出色彩浓郁的画面；建筑之美是指诗歌的每一节、每一行都要做到匀称，像建筑一样外形整齐、匀称。闻一多的“三美”主张同时也是整个新月派的诗歌创作主张。

闻一多的诗歌还极富浪漫主义色彩，极力避免直接抒情，常采用托物寄情的方式，借助自己精心选择的某种形象，如死水、蜡烛、离群孤雁等，表达内心情感。

闻一多是一名坚定的民主战士、爱国主义者，他的诗歌往往具有强烈的爱国之情，比如他身处国外时创作的《孤雁》《太阳吟》等，表达的是海外游子对祖国的思念之情，而他回国后创作的《静夜》《死水》等，则表现了他对当时国内状况的不满，以及对

图69 徐悲鸿《泰戈尔像》

祖国和人民前途与命运的担忧。

徐志摩在诗歌创作方面也秉承“三美”主张，不过在诗形方面，他主张追求灵活多变的形式，在变化中追求匀称，最终落脚点还是在新月派追求的建筑之美上。总体而言，徐志摩的诗歌语言清新，韵律和谐，想象丰富，比喻新颖，变化多端，艺术特色十分鲜明。

徐志摩著有《志摩的诗》《翡冷翠的一夜》《猛虎集》《云游》四部诗歌集，其中收录了大量经典诗作，极具知名度的有《再别康桥》《偶然》《沙扬娜拉》等。以《再别康桥》为例，这首诗创作于1928年徐志摩重游康桥期间，康桥也就是英国的剑桥大学，徐志摩早年在此游学。《再别康桥》是一首优美的抒情诗，充分体现了新月派的“三美”主张：先说音乐之美，诗歌第一节和最后一节都以“轻轻的我走了”开头，用这种回环往复的手法增强节奏感。另外，诗中每一节都会更换韵脚，既整齐押韵又富于变化。再说绘画之美，诗中采用了大量如“金柳”“青荇（xìng）”“天上虹”等色彩艳丽的词汇，并有“荡漾”“招摇”“揉碎”等动词，极富美感与动感，共同构成了一幅摇曳生姿的美景图。最后说建筑之美，全诗每一节都是一、三句稍短，二、四句稍长，错落有致，排列整齐，于变化中实现了匀称。

除闻一多和徐志摩外，新月派的代表诗人还有前期的朱湘、饶孟侃、孙大雨等，以及后期的陈梦家、方玮德、卞之琳等。新月派的出现，使得当时刚诞生不久的新诗呈现出蓬勃生机，时人评价该诗派“在旧诗与新诗之间，建立了一架不可少的桥梁”。

《你是人间的四月天》

新月派还有一位不得不说的人物，那就是才女林徽因。

林徽因一生创作的诗歌很多，最广为传诵的便是《你是人间的四月天》。

我说，你是人间的四月天；
笑响点亮了四面风；
轻灵，
在春的光艳中交舞着变。

你是四月早天里的云烟，
黄昏吹着风的软，
星子在无意中闪，
细雨点洒在花前。

…………

你是一树一树的花开，
是燕在梁间呢喃，
——你是爱，是暖，是希望，
你是人间的四月天！

朱自清的『荷塘』与『背影』

朱自清是中国现代著名散文家，原名朱自华，字佩弦，号秋实，后改名为朱自清。朱自清祖籍浙江绍兴，在江苏扬州长大成人，所以他常说自己是扬州人。

朱自清的散文大致可分为三种类型：第一种是写实议论的，如《生命的价格——七毛钱》《航船中的文明》《白种人——上帝的骄子》等；第二种是描写个人经历的，如《背影》《给亡妇》《择偶记》等；第三种是写景记游的，如《荷塘月色》《绿》《春》等。

朱自清的散文很有特色，无论是叙事、写景还是抒情，都融合了自身对人生的真实感受，淳朴自然，真切感人。而且他的散文讲求美感，特别是写景抒情散文，对景物观察细致、精确，对色彩、声音十分敏感，并擅长运用赋、比、兴等多种艺术表现手法，语言艳丽，满满的都是诗意和生活情趣。比如他的《荷塘月色》，描绘月下荷塘，多次运用比喻、通感、叠字等手法，遣词造句几乎已到了出神入化的境地。如写荷香：“微风过处，送来缕缕清香，仿佛远处高楼上渺茫的歌声似的。”使用通感手法，将嗅觉转化为听觉，十分跳跃、传神。写静态的荷花：“正如一粒粒的明珠，又如碧天里的星星，又如刚出浴的美人。”

连用三个比喻，将荷花在月光映照下的晶莹剔透、在荷叶掩映下的闪闪烁烁以及自身纯洁无瑕的美态完全呈现了出来。除了这种艳丽的语言风格，朱自清的散文之美还表现为清新平实的语言运用。这些语言是他从日常口语中提炼、加工出来的，朴素、精练，娓娓道来。他在《背影》中运用的就是这种语言。

《背影》是朱自清所有散文代表作中最广为人知的一篇，写的是他在北京大学读书期间的事。当时国内局势动荡，百姓生活艰难。朱自清的父亲丢了差事，先是赋闲在家，后又为找差事东奔西走。偏偏祸不单行，朱自清的祖母又去世了，朱自清赶回家奔丧，与父亲碰了面。《背影》主要讲述了朱自清奔丧后回京，父亲去火车站送他的情景。散文叙事平实，语言不事雕琢，浑然天成，却能从新颖别致的角度出发，写出朱自清父子间含蓄的深情，极为打动人心。通常作家在写人物时，都会从正面着手，《背影》却独辟蹊径，极力刻画父亲的背影。虽只是写背影，却用极为精练、传神的笔触，给读者留下无尽想象的空间：想象父亲的正面形象，父亲的艰难、痛苦，父亲为儿子、为家庭奔波的隐忍，等等，远比正面描写更具艺术感染力。

《背影》问世前，中国文学作品中的父亲多是思想保守、与子女针锋相对的“坏父亲”形象。《背影》塑造了这样一个感人至深的好父亲形象，引来很多读者的共鸣，顿时从众多文学作品中脱颖而出。

朱自清的散文被誉为“白话美文的典范”，为中国现代散文的发展奠定了基础，树立了典范。

子夜过去是黎明

茅盾是中国现代著名作家，原名沈德鸿，字雁冰，浙江桐乡人。茅盾是他的笔名。

茅盾的文学创作以小说为主，代表作有短篇小说《林家铺子》，“农村三部曲”《春蚕》《秋收》《残冬》，长篇小说《蚀》三部曲（《幻灭》《动摇》《追求》）、《子夜》及《霜叶红似二月花》等，其中社会评价最高的当数《子夜》。图70

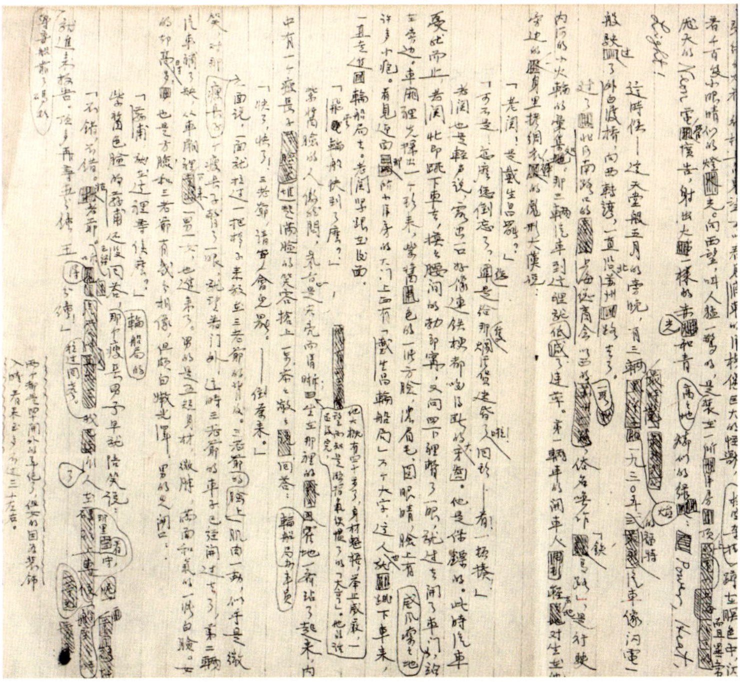

图70 茅盾《子夜》手稿

《子夜》全书共计 19 章，大约 30 万字，创作于 1931 — 1932 年，1933 年出版。小说以 20 世纪 30 年代初的旧上海为背景，描绘了以吴荪（sūn）甫为中心的中国民族资本家的历史命运，同时反映了当时中国社会的各类矛盾和斗争。

《子夜》取得了相当高的文学成就，具体表现在以下几个方面：

一是主题。《子夜》选取了当时社会的重大题材作为主题，描述了民族资产阶级和买办资产阶级之间的矛盾，工人罢工，农民暴动，以及地下党领导的工农革命，反映了那段时期错综复杂的阶级矛盾与民族矛盾，极具时代色彩和社会意义。

二是结构。《子夜》的情节十分曲折，人物关系复杂，冲突激烈，可谓千头万绪。茅盾选用了蛛网式结构，以 5 条重要的线索贯穿始终，各条线索齐头并进，既相对独立，又纵横交错；同时突出吴荪甫和赵伯韬这条主线，使得情节发展主次分明、有条不紊，共同构成了一个严谨、复杂的艺术整体，显示了茅盾高超的创作才能。

三是人物塑造。茅盾非常注意在“典型环境”中塑造“典型性格”，也就是说更注重人物身上体现出的时代特色，让他们在代表一定阶级和倾向的同时，也代表了一定的时代思想。另外，茅盾十分擅长借助矛盾冲突展现人物性格，例如在刻画吴荪甫时，便将他置于各种类型的矛盾中，既有家庭矛盾，又有与竞争对手的矛盾，还有与被其压迫的工人、农民之间的矛盾。在每种矛盾中，吴荪甫都有不同的表现，比如在家庭矛盾中表现得外强中干，在与工人、农民的矛盾中表现得心狠手毒，展现出他性格中不同的方面。《子夜》总共塑造了 90 多个人物，其中民族资本家吴荪甫、买办资本家赵伯韬、吴荪甫的走狗屠维岳、独立女性张素素、交际花刘玉英等，形象都十分鲜明、突出。

《子夜》在中国文学史上占据着非常重要的地位，瞿秋白曾评价“这是中国第一部写实主义的成功的长篇小说”，具有划时代的意义。而小说中对当时中国社会现象的大量着墨，也为之后同类型的小说创作建立了模式，这种形态的现实主义小说后来逐渐发展成中国小说创作的主流。

《骆驼祥子》：一个好人的堕落史

在中国现代著名作家中，老舍是很特别的一位。他的作品多取材于市民生活，特别是城市中下层市民的生活与命运，塑造了很多“老派市民”的形象，他因此被称为“市民作家”。

老舍本名叫舒庆春，字舍予，满族，北京人。老舍是他最常用的笔名。1924年夏，老舍应聘到英国伦敦大学担任中文讲师，在教学期间开始文学创作。长篇小说《老张的哲学》是他的处女作，1926年开始在《小说月报》上连载，引起了巨大的轰动。此后，老舍一直笔耕不辍，创作了大量文学作品，代表作有长篇小说《骆驼祥子》《四世同堂》《二马》《离婚》等，中篇小说《我这一辈子》《月牙儿》等，短篇小说集《樱海集》《蛤藻集》《火车集》《贫血集》等，剧本《龙须沟》《茶馆》等。

《骆驼祥子》是老舍脍炙人口的作品之一，讲述了老北京人力车夫祥子的悲剧故事。祥子本是一个善良、勤劳，对人生充满希望的年轻人，可惜当时黑暗的社会却不肯给他这样的底层民众一点出路。他本想靠勤奋劳动改变命运，然而一次次的残酷现实，无情泯灭了他对生活的所有激情和希望，最终导致他彻底绝望，不再拉车，自甘堕落，沦为一具行尸走肉。

祥子的悲剧不仅是他个人的悲剧，更是那个社会的悲剧，这赋予了小说极高的社会价值。此外，小说还有相当高的文学价值。它问世的年代，中国的文学作品多以知识分子和农民为主角，少有描绘城市底层民众生活的作品。《骆驼祥子》的出现，填补了这一空白，为文学创作开拓了全新的题材。

老舍在描绘祥子的经历时相当写实，把生活在自己身边的人力车夫的悲惨境遇，在祥子身上真实呈现出来，没有半分刻意的美化修饰，从而使祥子这个人物和他整个人生经历都显得真实可信，极具冲击力。

老舍是一位语言艺术大师，他在自己的作品中融入了大量北京方言成分。当然这种融入并非完全照搬，而是经过细致提炼和加工，这对中国白话文学的语言艺术发展发挥了巨大的推动作用。老舍的这一语言特色在《骆驼祥子》中得到了很好的体现，创作这部小说时，他的语言艺术已非常纯熟，书中语言集艺术语言的精练和民间口语的生动于一身，淳朴自然，通俗易懂，极具生活情趣，连文化水平不高的普通民众也容易读懂。

《骆驼祥子》问世后，产生了极大的影响力，这种影响一直延续至今。另外，小说曾被改编成电影、电视剧和话剧上演，并先后被翻译成多国语言，流传各国。

巴金，敲响旧社会的丧钟

鲁迅先生曾盛赞一位文坛后辈是“一个有热情的有进步思想的作家，在屈指可数的好作家之列的作家”，此人便是我们熟知的巴金。

巴金，原名李尧棠，四川成都人。巴金是他的笔名。巴金的文学创作以小说为主，长篇、中篇、短篇小说都有所涉及，代表作有长篇小说“激流三部曲”《家》《春》《秋》，“爱情三部曲”《雾》《雨》《电》；中篇小说《新生》《灭亡》《憩园》《第四病室》等；短篇小说集《神·鬼·人》《将军集》等。其中知名度最高的当数“激流三部曲”，特别是《家》。图71

《家》是“激流三部曲”中的第一部，原名《激流》，1931年开始在《时报》连载，1933年出版单行本。小说讲述了成都高公馆三位少爷觉新、觉民、觉慧的故事。觉新是家中的长房长孙，受身份所限，他的性格很懦弱，总是委曲求全。觉新的弟弟觉慧喜欢上了家里的丫鬟鸣凤，但祖父高老太爷却想将鸣凤送给别人做小老婆，逼得鸣凤投湖自尽，觉慧深受打击。觉民和独立女性琴相爱，祖父却另外给他订了一门婚事。他非常反感，后来在觉慧的鼓励和帮助下逃离高家，而觉慧此后也逃走了。

图71 杨剑平雕塑作品《世纪良心——巴金》

《家》在叙事结构方面，借鉴了《红楼梦》的网状结构，同时突出了两条主线：觉新和梅表姐、瑞珏（jué）的爱情，觉慧和鸣凤的爱情。两条主要线索和其余次要线索纵横交错、有条不紊地向前发展，将高公馆衰亡的全过程完整呈现出来。

在人物塑造方面，小说中出现了很多人物，大多拥有鲜明的性格，各有特色。特别是几位主角，形象都相当深入人心，如性格矛盾、顺从软弱的觉新，忧郁、苦闷的梅表姐，外表柔顺、内心刚烈的鸣凤，等等。在塑造这些人物时，巴金加入了很多心理描写和细节描写，使人物形象更加完整、细腻，打动人心。

此外，小说的语言十分淳朴、自然、流畅，通俗易懂。巴金在创作这部作品时，追求的是能和读者自由自在地沟通，以真情打动人心。因此，小说的语言完全跟随感情走，行云流水，少有斧凿痕迹。

《家》创立了一种描述家族故事的小说模式，对之后的家族小说创作影响颇深。其中，家长与子女对立的模式，更是被很多家族小说直接继承。《家》以对封建大家长制度的控诉为主题，形成了此后家族小说创作一个非常重要的题材。

发生在农村的故事

从解放战争到中华人民共和国成立初期，中国文坛出现了一批优秀的农村小说，最具代表性的有赵树理的《小二黑结婚》、孙犁的《荷花淀》、周立波的《暴风骤雨》、丁玲的《太阳照在桑干河上》等。

《小二黑结婚》讲述了这样一个故事：抗战时期，农村青年小二黑和本村姑娘小芹相恋，遭到了各自的家长二诸葛和三仙姑的强烈反对。时任村干部的恶棍金旺也利用手中职权，迫害这对有情人。后来，抗日民主区政府出面，才帮小二黑和小芹争取到了婚姻自由。

赵树理是山西人，他创作的这篇小说，语言具有浓郁的山西地方风味，幽默风趣，通俗易懂，深受群众欢迎。以赵树理为代表的文学流派，被称为“山药蛋派”。小说对人物的刻画十分出彩，塑造了三组特色鲜明的人物：第一组是小二黑和小芹，他们是新时代农民的典范，追求恋爱婚姻自由，坚持自己的命运由自己掌控；第二组是二诸葛和三仙姑，他们是落后农民的典型代表，深受封建思想荼毒，一心想包办子女的婚姻；第三组是金旺及其兄弟兴旺，他们是封建恶势力的代表，在农村作威作福，名为村干部，实为恶霸流氓。小说以大团圆的结局收场，既反映了时代进步的必然趋势，也迎合了广大群众的喜好。

《荷花淀》是孙犁《白洋淀纪事》系列短篇小说中的名篇，讲述了抗战期间生活在冀中白洋淀的一群善良、淳朴的女性的故事。她们的丈夫都是游击队战士，她们留守家中，亲眼看见了丈夫在白洋淀中与敌军交战的场面，随即勇敢地拿起武器，与丈夫并肩作战。

《荷花淀》的叙事语言非常有特色，充满诗意，被誉为“诗体小说”。小说问世后，文坛中出现了一个新的文学流派“荷花淀派”，以孙犁为代表。该流派的作品多与《荷花淀》风格相近，带有浓郁的浪漫主义色彩，清新、质朴、细腻、感人，极具诗意。

周立波的《暴风骤雨》是一部讲述解放战争时期东北土地改革运动的小说。周立波在小说中写道：“废除几千年来的封建制度，要一场暴风骤雨。这不是一件平平常常的事情。”因此，他才为小说取名为“暴风骤雨”。

在创作这篇小说时，周立波借鉴了古典小说的写作方式，常在一章的结尾处设置悬念，引起读者的阅读兴趣。小说的叙事非常写实，生动再现了当时的农村生活和农民的幽默风趣。小说语言中融入了大量东北方言，简明、活泼、传神，富于生活气息，形成了强烈的艺术感染力。

丁玲的《太阳照在桑干河上》同样讲述了土地改革的故事。故事发生在华北一个名叫暖水屯的村子里。土地改革运动在村子里的进展过程，以及由此引发的社会巨变和人物心理变化，共同构成了小说的主要内容。

小说生动刻画了地主和农民两方面的多个代表人物，人物个性饱满，有血有肉。在同时期的农村小说中，地主形象多比较单薄，千人一面，这篇小说却刻画了多个性格各异的地主，比如老谋深算的钱文贵、胆小懦弱的李子俊、心狠手毒的江世荣等。另外，小说还塑造了多个农村基层干部的形象，各具特色，将他们在土地改革过程中的性格变化详细展现了出来。20 世纪 50 年代，这部小说在苏联被授予“斯大林文学奖”，声名远扬。

革命英雄的传奇

革命历史小说，就是讲述1919—1949年中国革命历史的小说。1949—1966年，是革命历史小说创作的繁荣时期，著名的《新儿女英雄传》《保卫延安》《红岩》《红旗谱》《青春之歌》等都创作于这段时期。

《新儿女英雄传》是袁静和孔厥合写的一部小说，讲述了冀中白洋淀地区的农民参与抗日战争的故事。小说情节跌宕起伏，富于传奇色彩，并采用了章回体这种传统小说的创作结构，脉络清晰，再加上语言中融入了大量民间口语，通俗易懂，所以问世后流传甚广。《新儿女英雄传》创立的“革命英雄传奇”模式，对之后的革命历史小说创作影响很大，《铁道游击队》《敌后武工队》等都沿用了这种模式。

杜鹏程的《保卫延安》是中国首部大规模叙述解放战争的长篇小说，具有里程碑的意义。小说成功塑造了一批英雄形象，其中对主人公周大勇的刻画最为出彩，将他在战争中成长的全过程逐一展现出来。小说对彭德怀的塑造也十分出色，特别是凸显了他平易近人的一面，非常人性化。小说情感激荡，极富激情，但可能正因为如此，叙事紧张过度，未能做到张弛有度、理智节制。

《红岩》的作者是罗广斌和杨益言，两人都曾被关押在重庆的渣滓洞、白公馆中。图72 中华人民共和国成立后，两人根据这段亲身经历，创作了革命回忆录《在烈火中永生》，其后又在此基础上创作了小说《红岩》。《红岩》最成功之处在于对正面人物的塑造，江姐、许云峰、小萝卜头等人都给人留下了极为深刻的印象。他们深入人心的程度，是其他同类型小说中的人物难以比拟的。小说出版于1961年，其后迅速掀起了一股热潮，还被改编成电影、电视剧、歌剧等艺术形式广为流传。

图72 渣滓洞刑讯室内景

《红旗谱》的作者是梁斌，讲述了中国北方地区的农民革命运动，被盛赞为“一部描绘农民革命斗争的壮丽史诗”。小说多用语言和行动描写刻画人物，少有心理描写，表现出浓郁的戏剧色彩。小说成功塑造了三代农民的形象，对农民朱老忠的塑造最为成功：他既是典型的农民——豪爽、坚毅，因身处革命年代，又富于反抗精神，且颇有智谋。

《青春之歌》的作者是女作家杨沫。小说成功塑造了林道静等一批青年知识分子的形象，特别是林道静，将她的性格由软弱到成熟的发展过程完整而细腻地展现了出来，引起了很多青年知识分子的共鸣。这部小说之所以能获得成功，这是很重要的一个原因。此外，小说中表现出的女性抗争的主题，也相当引人注目。遗憾的是，创作手法比较单一，语言缺乏个性，后半部分的结构也比较松散。不过，总体来看，这仍是一部十分优秀的革命历史小说，流传很广，并被改编成电影、电视剧、歌剧上演。

入门·经典·阅读图谱

1

《看不见的文学：文学如何“理论”》

杨宁　著

中国社会科学出版社，2022 年

2

《谈文学》

朱光潜　著

华东师范大学出版社，2017 年

3

《极简中国古代文学史》

骆玉明　著

上海三联书店，2018 年

4

《许子东现代文学课》

许子东　著

上海三联书店，2018 年

5

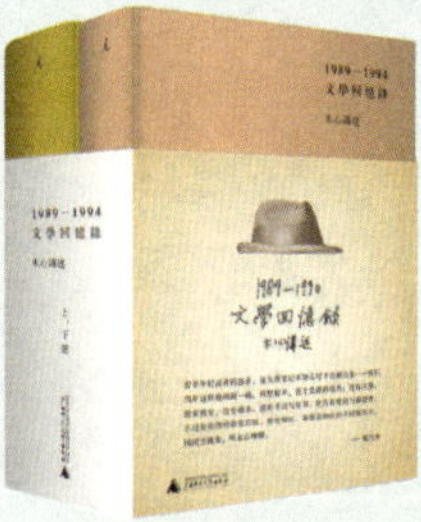

《文学回忆录》

（上、下册）

木心　口述，陈丹青　笔录

广西师范大学出版社，2013 年

6

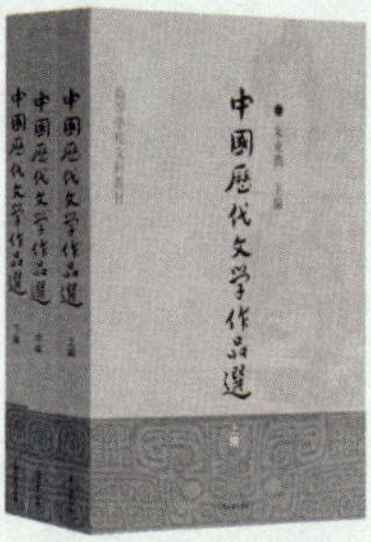

《中国历代文学作品选》

（上、中、下编）

朱东润　主编

上海古籍出版社，2008 年

7

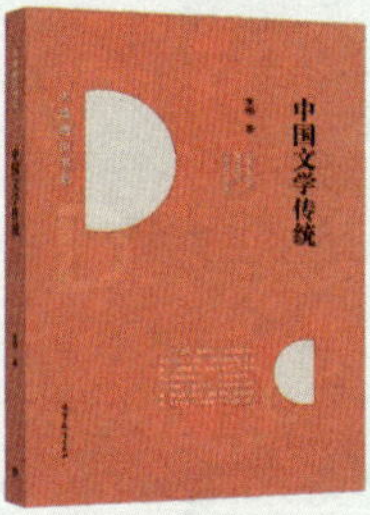

《中国文学传统》

朱刚　著

高等教育出版社，2018 年

8

《牛津通识读本：文学理论入门》

［美］乔纳森·卡勒　著，李平　译

译林出版社，2023 年

9

《人间词话》

王国维　著，徐调孚　校注

中华书局，2018 年